Heller Brand im Appenzellerland

Andreas Giger, geboren 1951, lebt und arbeitet als freier Zukunfts-Philosoph, Sozialforscher, Autor und Fotograf im appenzellischen Wald AR. Im Emons Verlag erschienen «Eine Leiche in der Bleiche», «Mord im Nord», «Leichenraub mit Eichenlaub» und «Rosenrot ist mausetot».
www.gigerheimat.ch
www.appenzellerkrimi.ch
www.spirit.ch

Dieses Buch ist ein Roman. Handlungen und Personen sind frei erfunden. Ähnlichkeiten mit lebenden oder toten Personen sind nicht gewollt und rein zufällig.

ANDREAS GIGER

Heller Brand im Appenzellerland

KRIMINALROMAN

emons:

Bibliografische Information der Deutschen Bibliothek
Die Deutsche Bibliothek verzeichnet diese Publikation
in der Deutschen Nationalbibliografie; detaillierte bibliografische
Daten sind im Internet über http://dnb.d-nb.de abrufbar.

MIX
Papier aus verantwortungsvollen Quellen
FSC® C083411
FSC
www.fsc.org

Umschlagmotiv: © mauritius images/ib/Stefan Arendt
Umschlaggestaltung: Tobias Doetsch
Gestaltung Innenteil: César Satz & Grafik GmbH, Köln
Druck und Bindung: CPI – Clausen & Bosse, Leck
Printed in Germany 2014
ISBN 978-3-95451-259-1
Originalausgabe

Meinem Sohn Adrian
und seiner Familie
gewidmet,
die im Jubiläumsjahr
im Appenzellerland
eine Heimat
(wieder-)gefunden
haben.

Tatsächlich ist das Appenzellerland vielleicht die merkwürdigste Gegend in dieser merkwürdigen Schweiz, in der wir leben. Und seine Bewohner, die Appenzeller, ob Innerrhödler oder Ausserrhödler, drücken auf eine fast schon schwindelerregende Art auf engstem Raum aus, was diese Schweiz von anderen Ländern unterscheidet und so schwer begreiflich macht: eigenwillig bis zum Starrsinn, demokratisch, bis es wehtut, konservativ bis in die Knochen, weltoffen und abgewandt zugleich, geschäftstüchtig und arm, verrückt und vernünftig, bodenständig und versponnen.

Markus Somm, Basler Zeitung

Eröffnung

Vor seinen Augen war nichts als eine gleissende Wand aus hellem Licht. Oben auf der Hohen Buche, nur wenige hundert Meter von seinem Standort entfernt, hatte das Feuerwerk zum 1. August gerade seinen Höhepunkt erreicht und tauchte die ganze umgebende Landschaft in einen taghellen Schein. So sehr waren seine Augen geblendet, dass er nichts erkannt hätte, auch wenn jemand direkt vor ihm aufgetaucht wäre.

Deshalb hätte es in seinem Fall auch nichts genützt, wenn es die Optographie, jenes Verfahren zum Ablesen des letzten Bildes auf der Netzhaut eines Ermordeten, das von Kriminalisten ersehnt wurde, zu ihrem Leidwesen aber nie funktionierte, wirklich gäbe.

Zudem kam der Tod von hinten, von dort, von wo er auf der Flucht aus seiner hellauf lodernden Hütte, die in Wirklichkeit ein komfortables kleines Haus war, geflohen war. Ein heller Brand hatte es ergriffen. Er war nur mit knapper Not den Flammen entkommen. Von vorne und hinten geblendet stolperte er vorwärts. Flüchtig dachte er daran, dass «hell» im Englischen Hölle bedeutet.

Er hörte noch einen lauten Knall, als ihn der Schlag am Hinterkopf traf. Dann hörte, sah und dachte er gar nichts mehr und versank in abgrundtiefe Schwärze.

Zwischenbilanz

Freitag, 13. Dezember

Meine Stimmung entspricht dem Wetter. Es flöckelt schon fast den ganzen Tag ununterbrochen, wenn auch mehr im Sinne eines angedeuteten, denn eines wirklichen Schneiens. Über den Himmel ziehen immer wieder schwere dunkle Wolken, die Lücken blauen Himmels offen lassen, aus denen gelegentlich sogar die Sonne die tanzenden Schneekristalle aufleuchten lässt.

Der trüben Seite des Wetters entspricht mein Unbehagen mit dem Text, an dem ich gerade arbeite. Ich bin mal wieder als Ghostwriter tätig. Diesmal für die «offizielle Seite» der Staatsfeier zum 500. Jahrestag des Beitritts des Landes Appenzell zur Eidgenossenschaft am 17. Dezember 2013. Zu diesem Anlass sollte ich eine Rede schreiben.

Diese Staatsfeier war schon in der zweiten Sonderzeitung zum Jubiläum 500 Jahre Appenzell in der Eidgenossenschaft im Mai dieses Jahres wie folgt angekündigt worden: «Zum Abschluss des Jubiläumsjahrs wird von offizieller Seite nochmals Rückschau auf die gemeinsame Vergangenheit und auf das Jubiläumsjahr gehalten. Sicher wird auch ein Ausblick in die Zukunft nicht fehlen.»

Dieser letzte Satz hatte es in sich. Spät fiel dieser offiziellen Seite ein, dass ihr dazu bisher wenig bis gar nichts eingefallen war. So kam ich ins Spiel. Man hatte meinen Artikel «Die Werte-Republik. Ein Appenzeller Zukunftstraum» wohlwollend zur Kenntnis genommen, den ich in «Magnet», dem Kirchenblatt für die evangelisch-reformierten Kirchgemeinden beider Appenzell, veröffentlicht hatte. Die Redaktion hatte mich gebeten, einen Blick hundert Jahre voraus zum sechshundertjährigen Jubiläum zu werfen. Deshalb befand man, ich sei Experte für die Zukunft des Appenzellerlandes und könne eine kleine Rede schreiben.

Als Allzweck-Intellektueller und -Schreiber, der von seinen verschiedenartigen, doch meist eher kleinen Aufträgen nicht reich wird, nahm ich das Angebot zunächst dankbar an. Immerhin hatte ich, Franz Eugster, als abgehalfterter Lokaljournalist nicht überall im Appenzellerland den besten Ruf. Mal ganz abgesehen davon, dass es nicht selbstverständlich ist, einem Selfmademan, der die Sechzig schon überschritten hat, einen solchen Auftrag zu erteilen.

Vielleicht hat es sich ja doch herumgesprochen, dass ich, zusammen mit meiner Lebensgefährtin und Ermittlungspartnerin Adelina, in letzter Zeit einige Kriminalfälle gelöst habe. Das mag dazu beigetragen haben, dass ich nicht mehr ganz unbekannt bin im Appenzellerland, und ein gewisser Bekanntheitsgrad kann bekanntlich nie schaden.

Wie dem auch sei. Als ich mich näher mit dem Projekt befasste, wuchsen jedenfalls meine Zweifel, ob es wirklich eine gute Idee gewesen war, mich darauf einzulassen. Um für jemand anderen eine zündende Rede schreiben zu können, braucht man als Ghostwriter inhaltliche Rohstoffe in Form von Themen, Gedanken oder Ideen, und wenn es um die Zukunft geht, möglichst auch so etwas wie Visionen. All das war bei der zu schreibenden Rede über die Zukunft des Appenzellerlandes kaum im Angebot.

Dafür gibt es einleuchtende Erklärungen. Erstens tut sich jede Organisation schwer damit, die eigene Zukunft ins Auge zu fassen. Meistens scheitert die Entwicklung zukunftsträchtiger Visionen schon am Fehlen eines Rohstoffs, der dafür unerlässlich, aber an der Spitze von Unternehmen oder Verwaltungen ausgesprochene Mangelware ist: Musse, also nicht verplante Zeit ohne Störungen.

Zweitens bestehen die offiziellen Stellen im Falle meines Auftrags aus den Regierungen der beiden Halbkantone Appenzell Innerrhoden und Appenzell Ausserrhoden. Beide Regierungen beschäftigen sich sicher gelegentlich mit der Zukunft ihres Halbkantons, doch zum Nachdenken über eine gemeinsame Zukunft haben sie weder einen Auftrag noch den nötigen institutionellen Rahmen.

Drittens ist das gemeinsame Auftreten beider Regierungen im

Rahmen des Jubiläumsjahrs ohnehin ein Novum. So eng hat man sich bisher nie zusammengetan. Da es darum ging, gemeinsam die Erinnerung an die Geschichte des bei seinem Beitritt zur Eidgenossenschaft noch vereinigten Standes Appenzell zu pflegen, richtete sich der erstmals so stark vereinigte Blick gezwungenermassen zurück und nicht vorwärts.

Mir blieb angesichts des Mangels an von den beiden Regierungen vorgegebenen Zukunftsideen nichts anderes übrig, als zum selben Trick zu greifen, den ich schon bei meinem Artikel über die Zukunft des Appenzellerlandes angewendet hatte: Man blickt sehr weit voraus und greift dabei einige mehrheitsfähige Vorstellungen auf. So können alle zustimmend nicken, und niemand fühlt sich direkt angesprochen.

In meinem «Magnet»-Artikel fanden sich zwei Passagen, die ich für die Rede sinngemäss übernehmen konnte. Die erste befasste sich, nicht ganz ernst gemeint, mit der Frage, wie das Appenzellerland in hundert Jahren heissen könnte, und ich hoffte, dass sie auch in mündlicher Form vorgetragen ein kleines Schmunzeln beim Publikum auslösen würde:

Also träumte ich ein wenig vom Appenzellerland in hundert Jahren. Zunächst sah ich eine radikale Verkürzung der Bezeichnung für den geografischen Raum, um den es geht: von Appenzellerland über Appenzell bis zu App. Und die Bewohner dieses auch in hundert Jahren noch wunderschönen Landstrichs heissen Appis. Dass sie damit in die Nähe von Apple und Smartphone-Apps gerückt werden, stört sie nicht. Im Gegenteil. Mit moderner Technik haben sie nämlich, schon lange, durchaus etwas am Hut.

Sie ermöglicht den Appis (Sie sehen, in meinem Traum habe ich den sich schon heute abzeichnenden Trend zur Sprachverkürzung voll übernommen), von App aus mit der ganzen Welt verbunden zu sein. Aus der Wissensgesellschaft ist längst eine Bewusstseinsgesellschaft geworden, und darin spielt der Ort, an dem man sich gerade aufhält, je länger, je weniger eine Rolle. Wer also in App lebt und in vielen Fällen auch von zu Hause aus arbeitet, hat sich bewusst für diesen Lebensraum entschieden. Geblieben ist der Lebensraum App, dessen Bewohnerinnen und Bewohner neben der Landschaft und den Traditionen vor allem eines verbindet: geteilte Werte.

Mit diesem Thema, das sich in jeder Rede gut macht, befasste sich die zweite Passage:

Werte sind auch in hundert Jahren das, was den Menschen etwas wert ist, was wichtig ist in ihrem Leben. Im Jahr 2113 sind sich die Menschen, die sich bewusst und freiwillig für App als Lebensraum entschieden haben, darüber einig, worum es in ihrem Leben geht: um nachhaltige Lebensqualität.

Auch in meinem Traum verstehen die Menschen keineswegs alle dasselbe unter Lebensqualität. Noch immer gehören zum Beispiel für viele solche Werte dazu, die nur eine Stadt bieten kann, etwa Tempo, Abwechslung, Reize. Den Appis hingegen sind andere Werte wichtiger, etwa Ruhe, Raum, landschaftliche Schönheit, Naturnähe, Überschaubarkeit.

Auch im zwischenmenschlichen Bereich bevorzugen sie die dörfliche Variante von Lebensqualität, die weniger, dafür verbindlichere Beziehungen bedeutet. Die Appis lieben nach wie vor ihre Freiheit und gehen gerne ihre eigenen Wege. Wenn sie nach einem Ausflug in die Stadt zurückkommen, sind sie froh, der dort allgegenwärtigen Überwachung durch Kameras und Drohnen zu entkommen.

Die Appis von 2113 teilen also viele Werte, doch ansonsten verwirklichen sie auf sehr individuelle Weise ihre Vorstellung von Lebensqualität. Das hat, guter appenzellischer Tradition folgend, manchmal etwas Skurriles und Schrulliges. Doch weil die Appis um ihre eigene Schrulligkeit wissen, begegnen sie der Skurrilität der anderen mit gegenseitigem Respekt, was das Zusammenleben sehr angenehm macht.

Zu den gemeinsamen Überzeugungen der Werte-Republik App, wie dieser Lebensraum jetzt ganz offiziell heisst, gehört es auch, dass Lebensqualität nachhaltig sein muss. Nachhaltiges Denken und Handeln gehörte zu den Charakteristika dieses Landstrichs, lange bevor es das Wort gab. Die Appis in meinem Traum haben mit dem Wert Nachhaltigkeit das gemacht, was sie mit allen Traditionen tun: Sie erfassen ihre Essenz und interpretieren sie neu und zeitgemäss. Kein

Wunder also, dass App in den letzten Jahrzehnten des 21. Jahrhunderts zu einem eigentlichen Experimentierfeld für eine nachhaltige Wirtschaft und Gesellschaft geworden ist.

Der langen Rede kurzer Sinn: Mein Entwurf für eine kurze Rede zur Zukunft des Appenzellerlandes kam bei den Auftraggebern gut an und wurde, von einigen Korrekturwünschen im Detail abgesehen, akzeptiert. Das lag sicher auch daran, dass ich, im Gegensatz zum schon publizierten Artikel, das heikle Thema Wiedervereinigung der beiden Halbkantone bewusst weggelassen hatte.

Mir ist durchaus bewusst, wie stark in dieser Frage die Last der Geschichte ist. Immerhin war der Stand Appenzell nur gerade vierundachtzig Jahre lang als solcher ungeteiltes Mitglied der Eidgenossenschaft. Dann, im Jahr 1597, trennte er sich im Zuge der Reformation in das katholische Innerrhoden und das reformierte Ausserrhoden. Seitdem haben die beiden Kantone gelernt, neben- und miteinander zu leben. Eine ernsthafte Bewegung mit dem Ziel der Wiedervereinigung gab es nie. Warum also schlafende Hunde wecken?

Wobei, die schlafen ziemlich tief. In meinem Artikel gab es zu dieser Frage eine eindeutige Aussage, die keinerlei Reaktion hervorrief.

Die alten Grenzen der Entscheidungsräume sind damit sehr durchlässig geworden. Sie existieren noch, vor allem im historischen Gedächtnis, doch die beiden alten Halbkantone spielen als solche keine grosse Rolle mehr. Auch nicht als vereinigter Kanton Appenzell. Den gibt es zwar noch, weil irgendwann eine Kantonsteilung, die aufgrund konfessioneller Spaltung entstanden war, einfach nur noch lächerlich schien. Diese Einsicht kam allerdings zu spät, denn sie reifte erst in einer Zeit, als sich der Kantönligeist gezwungenermassen bereits weitgehend verflüchtigt hatte.

Auch jetzt, bei der letzten Überarbeitung des Redeentwurfs, will ich dieses Thema nicht aufgreifen. Ich beschäftige mich noch einmal mit dem Redeentwurf, weil zwar die Auftraggeber damit zufrieden sind, ich selbst jedoch noch nicht ganz. Es fehlen mir zwei, drei Sätze zur direkten Zukunft, Sätze dazu, wie sich aus den schönen und intensiven Erinnerungen an das Jubiläumsjahr eine Brücke zum Morgen bauen lässt. Oder so etwas in der Art. Bis Sonntagabend habe ich noch Zeit, die gesuchten Sätze zu finden, dann ist endgültiger Abgabetermin.

Als ich Adelina vor ein paar Tagen von meinen Schreibhemmungen erzählte, hatte sie eine geniale Idee, die auf einer Mischung aus weiblicher Logik und magischem Denken beruhte, das ihrer polnisch-katholischen Herkunft geschuldet war. Wenn ich mir Gedanken über das Jahr 501 der Zugehörigkeit des Appenzellerlandes zur Schweiz machen wolle, argumentierte sie, sei es doch wohl naheliegend, das entsprechend bekleidet zu tun. Also konkret in einer Levi's 501.

Ich brauchte nicht ins Lexikon zu schauen, um zu wissen, dass diese Levi's 501 die vermutlich bekannteste und meistgetragene Jeans der Welt ist. Irgendwann habe ich auch ein solches Modell besessen, doch es ist Jahrzehnte her, seit ich das letzte Mal Jeans getragen habe. Irgendwie konnte ich mich mit ihnen nie richtig anfreunden, und meine Lust auf sie ist durch die Tatsache, dass meine ansonsten nach wie vor ranke Gestalt in den Mittelpartien durch ein altersbedingtes Bäuchlein etwas gerundet worden ist, auch nicht grösser geworden.

Adelina liess sich von solchen Argumenten nicht beeindrucken und brachte am nächsten Tag eine 501 mit, die zu meinem Leidwesen sogar einigermassen passte. Seltsamerweise, oder auch nicht, gewann die Anprobe eine derartige erotische Komponente, dass ich gar nicht dazu kam, die angebliche magische Wirkung auszuprobieren. Das Jahr 501 im Schweizer Kalender des Appenzellerlandes wurde zunächst vertagt.

Jetzt beim Denken und Schreiben habe ich mich zwar in das Ding gezwängt, weil ich es Adelina versprochen habe. Genützt hat es bisher aber nichts.

Vielleicht ist mein Blick vorwärts blockiert, weil auch meine Gedanken derzeit vorwiegend zurück in die Vergangenheit schweifen. Mein Interesse für Geschichte und Geschichten rund um diesen Appenzeller Landstrich zwischen Säntis und Bodensee ist durch das Jubiläumsjahr angeregt und verstärkt worden, und das ist gut, gibt es doch bekanntlich keine Zukunft ohne Herkunft. Wenn jedoch die gesamte Aufmerksamkeit vom Blick zurück absorbiert wird, läuft etwas schief.

Schiefgelaufen ist bisher vor allem jene Geschichte, die mich, und nicht nur mich, seit nunmehr viereinhalb Monaten beschäftigt: der nach wie vor ungelöste Todesfall des Ferdinand, genannt Fredy, von Muotathal. Schon sein Tod hat einen langen Schatten auf die Jubiläumsfeierlichkeiten geworfen. Er hatte sich dabei mit seinem unermüdlichen Einsatz in verschiedenen Ämtern und Funktionen beinahe unentbehrlich gemacht. Sein Tod riss eine empfindliche Lücke in das fein gewebte Netz der Organisation dieser Feiern.

Noch länger und dunkler wurden diese Schatten, je mehr Zeit verstrich, ohne dass der Fall geklärt werden konnte. Die federführende Kantonspolizei von Appenzell Ausserrhoden, und vor allem deren Chef, mein alter Kumpel Karl Abderhalden, sahen sich immer massiveren Vorwürfen ausgesetzt. Die aufgebrachte Bevölkerung brachte immer weniger Verständnis dafür auf, dass man ausgerechnet den Mord an einem so ehrbaren Bürger noch immer nicht aufgeklärt hatte.

Das wurmt Karl am meisten – und am zweitmeisten Adelina und mich. Denn, fast hätte ich geschrieben natürlich, sind wir auch bei diesem Fall wieder in die Ermittlungen eingeschlossen. Kein Wunder, schliesslich bin ich diesmal buchstäblich über die Leiche gestolpert. Wenn ich eine Leiche finde, was mir schon ein paarmal passiert ist, ohne dass ich je danach gesucht hätte, dann, so will es eine nie ausgesprochene, aber einige Male erfolgreich wirksame Vereinbarung zwischen Karl und uns, dürfen wir eigene Ermittlungen anstellen. Diskret natürlich und selbstverständlich ohne offiziellen Segen. Was uns nicht weiter kümmert, und auch Karl nicht. So lange jedenfalls nicht, als für ihn verwertbare Ergebnisse unserer Ermittlungen abfallen.

Am Austausch über die Ermittlungsergebnisse kann es nicht gelegen haben, dass der Fall bisher ungeklärt geblieben ist. Ausnahmsweise haben beide Seiten ihren jeweiligen Erkenntnisstand offen auf den Tisch gelegt und Transparenz geübt. Dafür, dass Adelina und ich jetzt eine Zeit lang doch wieder mit verdeckten Karten spielen müssen, können wir nichts. Es geschieht im Interesse der jetzt vielleicht doch bevorstehenden Klärung des Falls.

Der bisherige Informationsaustausch hat zwar eine Menge Erkenntnisse gebracht, aber keine beweiskräftigen Fakten. Gemeinsam haben wir hinter der ehrenwerten Fassade des Herrn von Muotathal etliche dunkle Flecken entdeckt, von denen jeder ein ausreichendes Mordmotiv ergeben hätte. Einige heisse Spuren ergaben sich daraus, auch wenn «heiss» angesichts der Umstände seines Todes etwas zynisch klingen mag. Doch alle heissen Spuren erkalteten bald wieder.

Selbst als Adelina und ich herausgefunden hatten, dass von Muotathal im Besitz der verschollenen Partitur des Appenzeller Freiheitsmarsches von Richard Wagner gewesen war, konnten wir daraus höchstens ein theoretisches Mordmotiv konstruieren, jedoch keinen Täter finden, geschweige denn überführen. Auch diese Spur verlief im Sande.

Erschwerend hinzu kommt, dass bis heute nicht restlos geklärt ist, ob Fredy von Muotathal wirklich einem Mordanschlag zum Opfer gefallen ist. Dass es sich beim Brand seines komfortablen Ferienhauses unweit der Hohen Buche um Brandstiftung gehandelt hat, konnte zweifelsfrei nachgewiesen werden, ebenso wie, dass das Opfer an einer schweren Schädelverletzung gestorben war, hervorgerufen durch die Einwirkung eines stumpfen Gegenstands. Ob es sich dabei um ein herumfliegendes Trümmerteil gehandelt hat oder ob ihn jemand gezielt hinterrücks erschlagen hat, blieb offen.

Zu sehr hatten der Brand und die Löscharbeiten die Spurenlage beeinträchtigt, zumal beim Eintreffen der Feuerwehr noch nicht bekannt war, dass es einen Toten gegeben hatte. Falls es sich wirklich um Mord handelte, falls Brandstifter und Mörder identisch waren und falls diese ominöse Person gefasst werden sollte, konnte nur ein Geständnis den Fall lösen. Das waren angesichts unseres dürftigen Wissens etwas gar viele «falls».

Deshalb meine trübe Stimmung. Ein ungelöster Fall geht einfach gegen den eigenen Ehrgeiz. Bei mir weiss ich das gewiss, und ich glaube, Adelina und Karl geht es auch nicht anders.

Adelina wird übrigens heute Abend für das ganze Wochenende zu mir herauf in mein kleines Häuschen hoch auf dem Hügel über Wald kommen. Ich freue mich auf sie und darauf, dass wir den ganzen Fall noch einmal in aller Ruhe besprechen können. Sie wird sich darüber freuen, dass der Schnee bisher nicht liegen geblieben ist und jetzt sogar fast aufgehört hat zu fallen. So kann sie auf die klobigen Schneestiefel verzichten.

Draussen werden die Wolkenlücken grösser und die Sonnenstrahlen häufiger. Dem entspricht der andere Teil meiner Stimmung. Seit zwei Tagen haben Adelina und ich glaubwürdige Hinweise darauf, dass sich der Täter stellen wird, wenn wir ein von ihm gestelltes Rätsel lösen, das mit den beiden Appenzeller Halbkantonen zu tun hat. Weitere Instruktionen sollen wir morgen früh um acht bekommen. Per anonymem Mail, wie das erste Lebenszeichen des Täters. Dass es sich beim unbekannten Absender des ersten Mails wirklich um den Täter handeln musste, erschloss sich aus präzisen Angaben über Ort und Art der Brandstiftung, die wir von Karl nur unter dem strengsten Siegel der Verschwiegenheit erfahren hatten. Nur die Ermittler und der Täter konnten diese Details kennen.

Das galt auch für den zweiten Teil des Insiderwissens im anonymen Mail. Dessen Absender hatte gesehen, wie ich die Leiche entdeckte. Er beschrieb die Kleidung, die ich an diesem Abend getragen habe, sehr genau. Vor allem mein T-Shirt mit der griechischen Fahne. Das hatte mir mal jemand geschenkt, der um meine Griechenlandsehnsucht wusste. An diesem Abend hatte ich es unter meinem roten Blouson angezogen, vielleicht, um mich selbst daran zu erinnern, meinen Blick auch am Nationalfeiertag über die Grenzen des Appenzellerlandes und der Schweiz hinaus schweifen zu lassen.

Sichtbar geworden war es nur kurz, als ich meinen Blouson

auszog, um die Leiche wenigstens notdürftig abzudecken. Sobald die Feuerwehrleute mit ihren professionellen Decken kamen, zog ich den Blouson wieder über. Fredy von Muotathal war in einiger Entfernung vom brennenden Haus getroffen worden, und am Waldrand, wohin ich jetzt eilte, um mich endlich zu erleichtern, würde mich eine empfindliche Kühle erwarten.

Somit konnten höchstens einige Feuerwehrleute meine Solidaritätsbezeugung mit Griechenland gesehen haben. Theoretisch wäre es natürlich möglich, dass ein Feuerwehrmann der Brandstifter war. Soll alles schon vorgekommen sein. Doch meine Intuition sagt mir, dass dies für diesen Fall eine zu plumpe Lösung wäre.

Wahrscheinlicher ist, dass der Brandstifter am Tatort geblieben oder dorthin zurückgekehrt ist, um aus einem Versteck heraus die Löscharbeiten zu beobachten. Dabei hat er gesehen, wie ich über die Leiche gestolpert bin und mein T-Shirt entblösst habe.

Ob er von Muotathal bewusst und eigenhändig oder nur fahrlässig und indirekt umgebracht hat, wissen wir noch nicht. Wir hoffen, dieses und andere ungelöste Rätsel durch das versprochene Geständnis aufgelöst zu bekommen. Doch zuvor müssen wir das angekündigte Rätsel lösen, sonst wird es nichts mit dem Geständnis, das hat der unbekannte Täter unzweideutig klargemacht.

Einen gewissen Bammel habe ich schon, ob wir das schaffen werden. Aber schliesslich sind wir zu zweit, und beide lieben wir Herausforderungen, die uns zu Höchstleistungen anspornen.

Ein klares Bauchgefühl sagt mir, es sei sinnvoll und nützlich, mein ganzes bisheriges Wissen über den Fall von Muotathal noch einmal zu ordnen und zu überblicken. Vielleicht habe ich ja etwas übersehen, was wir für des Rätsels Lösung noch brauchen können. Am besten tue ich das mit einem chronologischen Rückblick auf das, was bisher geschah, und fange an mit jenem 1. August dieses Jahres, an dem alles begann.

Feuersbrunst

Donnerstag, 1. August

Was für ein Übergang zwischen zwei Fällen! Nicht, dass ich mir das unbedingt so gewünscht hätte, aber im Nachhinein muss ich doch dem Schicksal, oder wer auch immer das zu verantworten hat, Respekt für die Dramaturgie zollen: Mitten hinein in die Feier für einen gerade gelösten Fall platzt der nächste.

Aufzuklären gewesen war die ruchlose Erpressung der Zürcher Gartenbaufirma Spross, die im heimtückischen Mord an der Gartenexpertin Doktor Graziella Rosengarten gegipfelt hatte («Rosenrot ist mausetot»). Dieser Mord hatte in einem Zimmer des Landgasthofs Hirschen oberhalb des Appenzeller Dorfs Wald stattgefunden, und auf der Terrasse ebendieses Hirschen feierten an diesem Spätnachmittag des 1. August die Hauptbeteiligten die Lösung dieses Falls.

Natalie Spross, die Chefin des von dunklen Bedrohungen endlich befreiten Unternehmens, hatte es sich nicht nehmen lassen, für diese kleine Feier extra anzureisen. Wir hatten zusammen mit ihr den lauen Sommerabend plaudernd auf der Hirschenterrasse verbracht und zum Schluss noch das Feuerwerk zum Nationalfeiertag bestaunt, das auf dem in südwestlicher Richtung liegenden und gut sichtbaren Hügel Hohe Buche abgefeuert wurde.

Anlässlich des Jubiläumsjahrs «500 Jahre Appenzell bei der Eidgenossenschaft» hatten sich die fünf Gemeinden Bühler, Rehetobel, Speicher, Trogen und Wald zusammengetan, um gemeinsam eine Feier zum 1. August zu veranstalten, was sonst jede Gemeinde für sich tat, und den Höhepunkt dieser Feier bildete das traditionelle Feuerwerk kurz nach dem Eindunkeln.

Die Raketen zischten und krachten und funkten und stoben, dass es eine helle Freude war. Künstliche Sterne in allen Farben kreisten am Himmel, und Vorhänge aus buntem Licht schwebten zu Boden. Die beteiligten Gemeinden hatten sich nicht lumpen lassen und boten den staunenden Zuschauern von nah und fern ein faszinierendes Schauspiel. Hätten wir dieses Feuerwerk als Belohnung für die Lösung unseres Falls betrachtet, hätten wir es als leicht übertrieben bezeichnen müssen, doch das taten wir nicht, sondern genossen es einfach.

Nachdem es vorbei war, verabschiedeten wir Frau Spross, die sich, entgegen ihrer ursprünglichen Absicht, entschlossen hatte, doch nach Hause zu fahren. Sie hatte Sehnsucht nach ihren Kindern. In einer guten Stunde würde sie in Zürich sein, und da sie kaum getrunken hatte, stand dieser Absicht nichts im Wege, die wir zwar bedauerten, aber doch verstanden. Es dürfte so gegen elf gewesen sein, als Adelina, Karl und ich allein an unserem Tisch sassen, um den schönen Abend ausklingen zu lassen, so wie es etliche andere Gäste auf der Terrasse ebenfalls taten.

Adelina sass uns zwei Männern gegenüber und konnte als Einzige unserer Runde in die südwestliche Richtung, also gegen die Berge des Alpsteins und die davorliegenden Hügel, blicken. Plötzlich stiess sie einen Ruf des Erstaunens aus. Da drüben brenne es. Karl und ich wandten uns in die angegebene Richtung und konnten es jetzt auch sehen. Nicht weit links von der Hohen Buche stieg an einem Hügelhang ein heller Feuerschein gen Himmel.

Der Hang, an dem es brannte, bildete gegen den Horizont der dahinterliegenden Berge eine fast waagrechte Gratkante, eine Seltenheit in der hügeligen Landschaft des Appenzellerlandes, in der es sonst fast immer nur auf- und abwärts geht. Ungefähr in der Mitte dieser horizontalen Gratkante wurde sie von einem kleinen Wäldchen unterbrochen, den einzigen Bäumen in dem ansonsten zumindest im oberen Teil baumlosen Hang. Unterhalb dieses Wäldchens brannte es.

Von blossem Auge war nicht zu erkennen, ob das Wäldchen brannte oder ein direkt darunterliegendes Haus. Walter, der Wirt des Hirschen, der von anderen Gästen mittlerweile auf das Ereignis aufmerksam gemacht worden war, schleppte ein schweres Fernglas herbei und lieh es auch uns aus. Mit Unterstützung dieser Sehhilfe war eindeutig zu erkennen, dass da ein Haus in hellen Flammen stand.

Fast hätte Karl in dem einsetzenden Geschnatter das Klingeln seines Handys überhört. Er lauschte eine Weile und berichtete dann, es habe sich um den in solchen Fällen üblichen Alarmruf gehandelt. Die Feuerwehr sei informiert worden, das oberste Haus des kleinen Weilers Nistelbühl auf der Gemarkung der Gemeinde Trogen brenne. Die Feuerwehr von Trogen sei schon unterwegs und habe auch die Feuerwehren der umliegenden Gemeinden alarmiert.

Von Personenschäden sei bisher nichts bekannt. Er, Karl, brauche also nicht unbedingt vor Ort zu erscheinen. Da andererseits Brandstiftung nicht auszuschliessen sei, könne ein persönlicher Augenschein nichts schaden. Er überlegte einen Moment und entschied sich, angesichts der kurzen Distanz zum Ort des Brandes, doch hinzufahren.

Adelina und ich brauchten uns nur kurz anzublicken, um dann gemeinsam die Bitte vorzubringen, er möge uns mitnehmen. Die Vorstellung, mitten in der Nacht einem Haus beim Brennen zuzusehen, faszinierte uns beide, wie wir später herausfanden. Sie, weil sie so etwas noch nie gesehen hatte, mich, weil mich ein solches Erlebnis als Kind mal ungemein beeindruckt hatte.

Karl wehrte das Ansinnen zunächst entrüstet ab, liess sich nach einigem Bitten doch darauf ein, vielleicht, weil er guter Laune wegen des eben abgeschlossenen Falls war, vielleicht, weil er glaubte, uns deswegen noch einen Gefallen schuldig zu sein. Auf jeden Fall nahm er uns mit, nicht ohne uns vorher brummend ermahnt zu haben, ja niemandem von den Rettungs- und Aufklärungskräften auf die Füsse zu trampeln.

***

Adelina überliess mir wegen meiner langen Beine den Beifahrersitz vorne und setzte sich hinten in den unauffälligen Mittelklassewagen, den Karl als Privatauto fuhr. Dort begann sie sofort an ihrem immer mitgeschleppten iPad herumzufummeln. Sie wolle sich, erklärte sie, auf GoogleEarth einen Überblick verschaffen, wohin wir fuhren.

Das Programm reagierte zwar auf ihre Suchanfrage «Nistelbühl, Trogen, Schweiz», führte sie aber hartnäckig zu einem Ort namens «Nistelbühl, Gais, Schweiz». Erst als sie das Bild in die richtige Richtung bewegte, erschien der gesuchte Ort. Es gab tatsächlich zwei Nistelbühl, und das in wenigen Kilometern Abstand, wenn auch in zwei benachbarten Gemeinden gelegen. Ich fand das bemerkenswert, doch Karl meinte, so was käme gerade im Appenzellerland häufig vor. Er jedenfalls wisse, wohin er müsse.

Adelina rief noch das Telefonbuch auf und berichtete, für das fragliche Haus gebe es zwei Einträge, einen privaten, lautend auf einen gewissen Ferdinand von Muotathal, und einen geschäftlichen auf eine nicht näher bezeichnete «Nistelbühl GmbH». Bei der Erwähnung des Namens Muotathal seufzte Karl und murmelte etwas, das wie «nicht ausgerechnet der!» klang, liess sich aber zu keinen weiteren Erklärungen herab, zumal jetzt das Fahren seine volle Aufmerksamkeit forderte.

Wir hatten Trogen mittlerweile durchquert und befanden uns auf der zunächst bergwärts führenden Strasse hinüber nach Bühler, als Karl bremste und auf eine schmale Schotterpiste nach links abbog. Diese führte dem Hang entlang leicht aufwärts, links gesäumt vom Wald. Mir fiel noch auf, dass aus mir unerklärbaren Gründen ein kurzes Stück der Strasse asphaltiert war, ehe diese wieder nur mit einer grob gewalzten Kiesschicht bedeckt war, und schon waren wir in dem nur drei oder vier Häuser umfassenden Weiler Nistelbühl angelangt.

Obwohl das brennende Haus fast zweihundert Meter oberhalb des eigentlichen Weilers stand, war die Szenerie taghell erleuchtet. Drei Feuerwehrautos und etliche Personenautos füllten die schmale Parkfläche vollständig, sodass Karl sein Auto etwas weiter unten abstellen musste, was uns einen zusätzlichen Fussmarsch steil aufwärts bescherte. Nun waren wir erst im Weiler. Hinauf zum brennenden Haus musste man ohnehin zu Fuss gehen, vom Weiler hinauf zum Haus gab es nur einen Trampelpfad, wie Adelina mit ihrem Satellitenbild schon herausgefunden hatte.

Das hätte die Arbeit der Feuerwehr zusätzlich erschwert –

wenn sie denn viel zu tun gehabt hätte. Wie deren Kommandant Karl erzählte, hatte man beim Eintreffen schnell realisiert, dass das bereits im Vollbrand stehende Haus nicht zu retten war. Es gab zwar unten im Weiler und erstaunlicherweise auch in der Nähe des Brandobjekts selbst je einen Hydranten, doch die daraus zu beziehende Wassermenge hätte nie gereicht, um den Brand zu löschen.

Zudem habe der einzige im Weiler verbliebene Anwohner, ein alter Mann, der schlecht zu Fuss war und deshalb nicht wie die anderen zur Feier auf die nahe gelegene Hohe Buche gehen konnte, von einer ziemlich heftigen Explosion im Brandhaus berichtet, was es nicht ratsam gemacht habe, sich diesem zu sehr zu nähern. Man hatte sich deshalb darauf konzentriert, die umliegenden Häuser und Wälder zu schützen, was kein Problem darstellte, weil zum Glück kaum ein Wind wehte. Einzig die drei Bäume direkt beim Haus brannten ebenfalls lichterloh.

Als Karl von einem anderen Feuerwehrmann angesprochen wurde, nutzten Adelina und ich die Gelegenheit und schlichen uns näher an das brennende Haus heran, nicht ohne einen gebührenden Sicherheitsabstand zu wahren. Auch aus dieser Entfernung war das Schauspiel eindrücklich genug. Das alte Sprachbild, etwas würde «zum Raub der Flammen», füllte sich hier mit grauslichem Leben. Eine unaufhaltsame Naturgewalt hatte sich eines von Menschenhand geschaffenen Objekts bemächtigt und war daran, es unerbittlich zu zerstören.

Und keine Menschenhand konnte diese Naturgewalt aufhalten, man konnte ihr nur mit einer Gefühlsmischung aus Faszination und Hilflosigkeit bei ihrem Werk zuschauen. So ähnlich muss es sich anfühlen, wenn das eigene Haus überschwemmt wird, auch dort ist eine Naturgewalt am Werke, der man hilflos ausgeliefert ist.

Adelina berichtete von solchen Empfindungen, und ich konnte ihr nur zustimmen. Es gäbe allerdings, fügte ich hinzu, einen Unterschied: Eine Feuersbrunst sei wesentlich unterhaltsamer als eine Überschwemmung. Während die Wassermassen still und gleichförmig anschwöllen, würde hier doch allen Sinnen ordentlich was geboten, wie die krachenden Balken und die gen Himmel zischenden Funkenschwärme eindrücklich bewiesen.

Adelina schalt mich einen alten Zyniker, kam aber nicht umhin, mir ein bisschen recht zu geben. Das Schauspiel vor unseren Augen war schauerlich und schön zugleich, schauerlich-schön eben. Die züngelnden Flammen, die immer mal wieder heftig aufloderten, die Funkenschwärme, die aufstoben und dann, langsam zur Erde schwebend, allmählich verglühten, das Zischen und Krachen und Knacken im Gebälk – all das zog uns magisch an und liess uns zugleich erschauern.

Erst als ich ein nicht mehr zu verdrängendes menschliches Bedürfnis spürte, riss ich mich von dem Anblick los. Ich hatte ein paar kleine Bierchen getrunken, selbstverständlich Appenzeller Quöllfrisch, und mich auf der Terrasse des Hirschen beim stundenlangen Sitzen vielleicht auch leicht verkühlt, und meine Blase meldete jetzt unmissverständlich, sie wolle dringend entleert werden.

Von der Rückfront des brennenden Hauses, bei dem es sich um ein klassisches, aus Holz gebautes und mit Holzschindeln eingeschaltes Appenzeller Haus gehandelt haben musste, war ein Drahtzaun südwestwärts in Richtung des etwa fünfzig Meter entfernten Rands des Wäldchens gespannt, das wir schon vom Hirschen aus gesehen hatten. Im Schein der Flammen sah ich, dass ein Trampelpfad dem Draht entlang ebenfalls zum Wald führte. Dort unter den Bäumen oder gegebenenfalls schon vorher, so dachte ich, könnte ich die Sache diskret erledigen.

Daraus wurde vorerst nichts. Ich schaute gerade hinauf zum blinkenden Sternenhimmel, welcher der ganzen unheimlichen Szenerie etwas Tröstliches verlieh, als sich mein Fuss in etwas auf dem Trampelpfad Liegendem verfing und ich ins Stolpern geriet. Mein Sturz ins weiche Gras verlief glimpflich. Ich wollte mich mit einem Fluch auf den Lippen wieder aufrappeln, musste jedoch feststellen, dass mir die winzige, auf einen Kugelschreiber montierte Taschenlampe aus der Hand gefallen war.

Mich mit der einen Hand abstützend, tastete ich mit der anderen auf der Suche danach im Gras herum. Plötzlich stiess diese

Hand auf etwas, das sich feucht und klebrig anfühlte. Nun hatte ich auch noch einen Kuhfladen erwischt! Doch als ich meine Hand näher zu meinen Augen führte, sah ich im knappen Schein des Lichts, das vom brennenden Haus bis hierher reichte, dass die Substanz, die daran klebte, dafür viel zu rot war.

Mittlerweile hatten sich meine Pupillen so sehr an die Lichtverhältnisse angepasst, dass ich meinen Taschenlampenkugelschreiber wiederfand. In dessen funzeligem Licht sah ich die ganze Bescherung. Ich war nicht über irgendetwas gestolpert und deswegen hingefallen, sondern über eine ausgewachsene Leiche. Denn anders als tot konnte die Gestalt, die da vor mir auf dem Bauch lag, nicht sein. Nicht mit einem solchen blutigen Loch im Hinterkopf.

Opfer von Adel

Freitag, 2. August

Karls Anruf kam gegen Mittag. Adelina und ich waren gerade beim zweiten Kaffee, um endgültig wach zu werden. Den Vormittag hatten wir weitgehend verschlafen, was kein Wunder war, schliesslich war es in der Nacht zuvor sehr spät geworden. Nach der Entdeckung der Leiche kam zunächst der unvermeidliche Zirkus mit Spurensicherung und Zeugenbefragungen. Dann dauerte es, bis Karl einen freien Polizisten fand, der uns nach Hause fahren konnte. Oder jedenfalls bis dahin, von wo aus es nur noch zu Fuss hinauf zu meinem kleinen Haus auf dem Hügel geht.

Noch unterwegs im Polizeiauto hatte ein heftiger Gewitterregen eingesetzt, der nicht mehr aufhören wollte. Der freundliche Beamte lieh uns einen Regenschirm, doch die Sturmböen wehten so heftig von der Seite, dass wir ziemlich durchnässt und durchfroren waren, als wir nach zehn Minuten oben ankamen. Ich entzündete ein Feuer im Kamin. Wir gönnten uns ein Glas Wein und ein Pfeifchen, um ein wenig runterzukommen. An Schlaf war trotz der späten Nachtstunde nicht zu denken, zu sehr beschäftigten uns die Ereignisse der letzten paar Stunden.

Grizzly, der graue Kater, der eigentlich meinen Nachbarn gehört, aber die meiste Zeit bei mir verbringt, kam schnurrend aus seinem Versteck und gesellte sich zu uns, was wesentlich zu unserer weiteren Beruhigung beitrug. Jetzt konnten wir in aller Ruhe unsere Erlebnisse, Gefühle und Gedanken austauschen.

Adelina, die aufgrund meiner Ausrufe nach der Auffindung der Leiche sofort herbeigeeilt war, hatte noch nie einen Toten gesehen, geschweige denn einen mit einer klaffenden Wunde am Hinterkopf. Entsprechend geschockt war sie noch immer. Ich selbst hatte zwar schon einige Leichen gefunden, was jedes Mal in einen Kriminalfall ausgeartet war, doch buchstäblich über eine gestolpert war ich auch noch nie, und den intimen Kontakt mit ihr hätte ich mir gerne erspart.

Unsere nachmittägliche Stimmungslage von Genugtuung über einen gelösten Fall war jäh gekippt in eine Mischung aus Schock und Trauer über ein ausgelöschtes Menschenleben. Die Entspannung vor dem gezähmt flackernden Feuer dampfte diese Gefühle auf ein erträgliches Mass ein und schaffte Raum für eine angenehmere Empfindung, eine gewisse Vorfreude auf die Herausforderungen eines nächsten Falls.

Allerdings gab es dazu bislang kaum Fakten. Bekannt war die Identität des Toten. Karl hatte, nachdem Adelina ihn herbeigerufen hatte, kurz den Kopf der Leiche gedreht, um ihr ins Gesicht schauen zu können, natürlich nicht, ohne vorher die obligaten Plastikhandschuhe übergestreift zu haben. Ein kurzer Blick genügte ihm, um festzustellen, dass es sich tatsächlich um Ferdinand von Muotathal handelte, den er, wie er erklärend hinzufügte, von mehreren Besprechungen im Zusammenhang mit den Feierlichkeiten zum Jubiläumsjahr kannte.

Die Amtsärztin bestätigte, was ohnehin nicht zu übersehen war. Ferdinand von Muotathal war an einem schweren Schädel-Hirn-Trauma gestorben, hervorgerufen durch die Einwirkung eines stumpfen Gegenstands. Länger als eine Stunde sei das nicht her. Andere Verletzungen oder Spuren seien auf den ersten Blick nicht auszumachen. Nach dieser ersten Diagnose packte sie ihre Sachen zusammen und verschwand hangabwärts, dabei darauf verzichtend, den in Fernsehkrimis unvermeidlichen Satz zu sprechen, wonach erst die Obduktion genauere Ergebnisse bringe. Das wussten alle Beteiligten ohnehin.

Der vermutete Todeszeitpunkt stimmte exakt überein mit der Zeitangabe, die der alte Mann unten im Weiler gemacht hatte, als es um die Explosion im brennenden Haus ging. Der Zeuge hatte am Fenster gestanden und das Feuerwerk auf der Hohen Buche betrachtet, als er einen lauten Knall von oben hörte, oder besser eine ganze Reihe von knallenden Geräuschen in unregelmässigen Abständen. Zunächst dachte er, das sei Teil des Feuerwerks, doch dann wurde er wegen der Richtung, aus der das Geräusch kam, stutzig und ging nachschauen. Erst da entdeckte er den Brand im Nachbarhaus und alarmierte die Feuerwehr.

Schon am Tatort hatten wir zusammen mit Karl darüber spekuliert, das könne bedeuten, dass von Muotathal durch die Explosion aus dem Haus getrieben worden war und im nahen Wäldchen Schutz suchen wollte. Noch hatten wir allerdings keine Ahnung, was die Explosion ausgelöst haben könnte. Hatte der Brandstifter, sofern es einen solchen überhaupt gab, mit Sprengstoff gearbeitet? Oder hatte es im Haus gefährliche Substanzen gegeben, die durch den Brand in die Luft geflogen waren?

Noch unklarer, stellten wir bei unserer nüchternen Bestandsaufnahme in behaglicher nächtlicher Atmosphäre fest, war die Frage, wer oder was Ferdinand von Muotathal erschlagen hatte. Die Explosionen mussten brennende Balkenteile mit hoher Wucht viele Meter weit in die Gegend geschleudert haben. Auch in jene Richtung, in die das Opfer gelaufen war. Ich hatte glühende Holzstücke nicht weit vom späteren Fundort der Leiche gesehen. Wenn der Fliehende, nachdem er von einem solchen mit grosser Wucht heranfliegenden Balkenstück getroffen worden war, noch einige Meter weitergetaumelt und dann erst zusammengebrochen war, könnte ein solcher Unfall tatsächlich geschehen sein.

Dann ginge es höchstens um Brandstiftung mit Todesfolge. Ob diese fahrlässig oder bewusst in Kauf genommen worden war, musste offenbleiben, solange wir nicht wussten, ob der allfällige Brandstifter gewusst hatte, dass Ferdinand von Muotathal zum Zeitpunkt des Anschlags im Haus war. Dessen Anwesenheit im Haus am Abend des Nationalfeiertags war ungewöhnlich. Bei einem so rührigen und umtriebigen Mann – so viel wussten wir schon von Karl – lag die Vermutung nahe, dass er sich an irgendeiner Feier zum 1. August öffentlich präsentiert hätte, am ehesten wohl an der in nächster Nähe stattfindenden Gemeinschaftsfeier auf der Hohen Buche.

Das war offensichtlich nicht der Fall gewesen. Hatte das der Täter im Voraus gewusst und bei seinem Brandanschlag auf das Haus damit den möglichen Tod von dessen Bewohner bewusst in Kauf genommen oder gar geplant? Hatte er gewollt, dass von Muotathal aus dem brennenden Haus flieht, um ihn dann draussen ganz einfach hinterrücks erschlagen zu können?

Auch das war denkbar. Der Täter hätte sich nur ein Stück Holz schnappen müssen, zuschlagen und den Prügel in das brennende Haus werfen. Eine elegantere Entsorgung einer Tatwaffe ist kaum vorstellbar. Möglich war aber auch, dass der Brandstifter nichts von der Anwesenheit des Hausbewohners wusste und diesem einfach einen Denkzettel verpassen wollte, ohne ihn gleich umzubringen, direkt oder indirekt. Falls es überhaupt einen Brandstifter gab und das alte Haus nicht einfach durch eine verirrte Rakete eines privaten 1.-August-Feuerwerks in Brand gesetzt worden war.

Diese Variante konnte Karl allerdings weitgehend ausschliessen. Ich stellte das Telefon auf Lautsprecher, damit Adelina mithören konnte. So erfuhr auch sie, dass sich die Hinweise auf Brandstiftung mittlerweile verdichtet hatten, es war offensichtlich ein Brandbeschleuniger eingesetzt worden. Endgültige Beweise und genauere Details hatte man noch nicht, zumal der starke Gewitterregen der letzten Nacht die Spurensuche nicht leichter gemacht hatte, doch mit hoher Wahrscheinlichkeit musste man von Brandstiftung ausgehen.

Hinweise auf Sprengstoff hatten die ermittelnden Experten keine gefunden, wohl aber Überreste eines im Scheunentrakt des abgebrannten Hauses eingerichteten Labors. Darin waren vermutlich mehrere Substanzen gelagert worden, die dazu neigen, sich bei hohen Temperaturen explosionsartig zu verflüchtigen, und zwar nicht unbedingt alle auf einmal, sondern auch in Abständen hintereinander.

Damit, so Karl, war die Hypothese, der aus dem brennenden Haus fliehende von Muotathal sei von einem herumfliegenden Trümmerstück erschlagen worden, plausibel. Adelina liess nachfragen, ob es möglich sei, dass der Getroffene noch ein paar Meter weitergetaumelt war, nachdem er den Schlag erhalten hatte. Die Amtsärztin, mit der Karl gerade zusammensass, bestätigte dies. Die Tatsache, dass in unmittelbarer Nähe des Toten kein Trümmerstück gefunden worden war, sprach also nicht gegen die Unfalltheorie. Jedes andere Stück etwas weiter weg hätte ihn getroffen haben können.

Karl berichtete, bei der Obduktion seien winzige Holzsplitter in der Wunde gefunden worden, der stumpfe Gegenstand bestand also höchstwahrscheinlich aus Holz. Auf keinem Holzstück in der Nähe des Fundorts fand man Blutspuren. Das, so Karl, war gar nicht anders möglich. Zuerst hatten die Holzstücke weiter gebrannt und geglüht, und dann hatte der heftige und anhaltende Regen alles weggespült.

Mit welchem Holzstück Ferdinands Schädel zertrümmert worden war, würde sich nie feststellen lassen, so viel stand jetzt schon fest. Und die Frage, ob es sich beim Täter «nur» um einen Brandstifter oder auch um einen Mörder handelte, musste offenbleiben, bis dieser gefasst war.

Keine Tatwaffe, eine mehr als missliche Spurenlage und auch keine Zeugen: Die Aussichten zur Klärung des Falls waren alles andere als rosig, erklärte Karl, und er klang dabei schon ziemlich resigniert. Er ermahnte sich selbst zu mehr Optimismus, was in seinem Beruf eine unerlässliche Fähigkeit sein sollte. Er zog den Schluss, es bliebe nur ein Weg, nämlich die Frage, wer ein Motiv habe, Ferdinand von Muotathal etwas Übles anzutun, ganz egal, ob er nur das Haus angezündet oder ihn auch eigenhändig erschlagen habe.

Auch das dürfte nicht einfach werden. Soviel er wisse, sei dieser Fredy von Muotathal überall beliebt und wohlgelitten gewesen. Feinde seien auf den ersten Blick weit und breit nicht auszumachen. Somit bliebe ihm nichts anderes übrig, als seine Beamten loszuschicken, um das Umfeld des Opfers vertieft zu erkunden.

Falls Adelina und ich Zeit und Lust hätten, formulierte er vorsichtig sein Zusammenarbeitsangebot, sollten wir das mit unseren Mitteln ruhig auch tun. Für sachdienliche Hinweise sei die Polizei immer dankbar.

Das war für Karls Verhältnisse ein deutliches Angebot zur Kooperation. Mehr brauchte er nicht zu sagen. Natürlich war eine solche Zusammenarbeit zwischen der Polizei und einem privaten Ermittlerpaar nur inoffiziell denkbar. Möglich war sie in unserem Fall, weil Karl und ich seit langer Zeit so etwas wie eine Freundschaft pflegten, die gelegentliche private Treffen legitimierte. Dass sich diese ungewöhnliche Kooperation in einigen Fällen bewährt hatte, trug sicher dazu bei, dass sich Karl auch dieses Mal darauf einliess.

Nachdem wir das Telefongespräch nach dem Austausch der in der Schweiz unvermeidlichen Höflichkeitsfloskeln beendet hatten, schaute ich Adelina fragend an. Ein kurzes Kopfnicken ihrerseits genügte. Dann war klar, dass wir dabei waren bei der Lösung des Falls Ferdinand von Muotathal.

Wieder einmal staunte ich über diese selbstverständlich erscheinende Form der Übereinstimmung. Dabei war sie alles andere als selbstverständlich. Schliesslich besteht unser seltsames Paar aus zwei sehr unterschiedlichen Teilen. Adelina ist mehr als zwanzig Jahre jünger als ich und gehört somit einer anderen Generation an. Sie hat sich, nach etlichen Irrungen und Wirrungen, mittlerweile beruflich etabliert und ist eine anerkannte und erfolgreiche Spezialistin für IT-Sicherheit geworden, während ich mich mit Gelegenheitsaufträgen für den Allzweck-Intellektuellen über die Runden bringe. Sie hat eine hübsche Wohnung in der Altstadt von St. Gallen und liebt das Stadtleben, während ich am liebsten so richtig auf dem Land lebe und das in meinem Hügelhäuschen auch tue. Sie ist in einer ganz anderen Kultur aufgewachsen als ich. Von den ohnehin schwer zu überbrückenden Differenzen zwischen Mann und Frau will ich gar nicht reden. Fest steht, dass sich da zwei sehr unterschiedliche Geschöpfe zusammengetan haben.

Und doch gibt es auch gemeinsame und verbindende Elemente. Eines davon ist die Lust am Kriminalisieren. Dabei geht es uns beiden nicht um die morbide Attraktivität von Leichen. Im Gegenteil. Jetzt, da Adelina zum ersten Mal selbst damit in Berührung gekommen ist, sind wir uns einig, dass dieser Teil eine unappetitliche Seite des Kriminalisierens ist, die wir leider nicht vermeiden können. Zumal es irgendein unergründlicher Ratschluss des Schicksals zu sein scheint, dass ich immer erst eine Leiche finden muss, ehe wir einen neuen Fall lösen können.

Genau darum geht es: Einen Fall lösen können. Rätsel enträtseln. Geheimnisse aufdecken. Logische Schlussfolgerungen ziehen. Vor lauter Bäumen den Wald nicht übersehen. Das alles macht uns beiden Spass und treibt uns an, gepaart mit einem gesunden Ehrgeiz, eine Herausforderung, wie sie jeder Kriminalfall darstellt, zu meistern.

Während ich so sinnierte, spürte ich eine warme Welle der Zärtlichkeit für dieses gleichzeitig so vertraute wie fremde Geschöpf, das sich ausgerechnet auf mich eingelassen hatte. Ich stand auf, um ihr spontan einen Kuss zu geben. Dann machten wir uns daran, mehr über das Opfer herauszufinden. In seiner Person und in seinem Leben musste der Schlüssel zu finden sein.

***

Fredy von Muotathal hatte die Öffentlichkeit nicht gescheut, wie eine erste Google-Suche zeigte. Es gab zahlreiche Berichte über ihn und seine Aktivitäten. Da er weltweit keinen Namensvetter hatte, bezogen sich alle Treffer auf seine Person, was mühsames Unterscheiden zwischen unterschiedlichen Trägern desselben Namens ersparte.

Zunächst schauten wir uns die im Netz präsenten Bilder von Fredy von Muotathal an. Wir hatten in der fraglichen Nacht nur einen kurzen Blick auf sein Gesicht werfen können, als Karl den Kopf zu Identifikationszwecken umgedreht hatte. Und das war das Gesicht eines Erschlagenen. Jetzt wollten wir wissen, wie er lebend ausgesehen hatte.

Die Bilder, auf denen von Muotathal ganz zu sehen war, zeigten einen eher kleinen Mann von gedrungener Gestalt. Das erstaune sie nicht, merkte Adelina mit einem wissenden Seitenblick auf meine ein Meter neunzig grosse Körperlänge dazu an, denn ein längerer Mann hätte es in dem alten Appenzeller Haus mit seiner extrem niedrigen Raumhöhe kaum lange ausgehalten. Ich nickte zustimmend und wunderte mich einmal mehr über die manchmal mangelhafte menschliche Aufnahmefähigkeit: Obwohl ich über die Leiche gestolpert war, hätte ich bis dahin nicht sagen können, wie gross Fredy von Muotathal gewesen war.

Die Porträtaufnahmen zeigten ein gemütliches, rundes Gesicht, dem es trotzdem nicht an markanten Zügen fehlte. Von Muotathal hatte eine Halbglatze, die das Auffälligste in seinem Gesicht noch unterstrich: seine Nase, die entfernt an das Markenzeichen der Habsburger erinnerte. Seine Augen blickten wach in die Welt, auf manchen Bildern auch listig. Seinen Mund bezeichnete Adelina als sinnlich.

Ich blickte sie erstaunt an. Lachend versicherte sie mir, der wäre nun wirklich nicht ihr Typ gewesen, schon weil viel zu klein. Und natürlich viel zu alt. Was mich nun doch zusammenzucken liess. Ferdinand von Muotathal war zum Zeitpunkt seines Ablebens gerade mal siebenundfünfzig Jahre alt gewesen, also etliche Jährchen jünger als ich. Ob in Adelinas Bemerkung eine versteckte Botschaft enthalten war, fragte ich mich bang, eine Absetzbewegung von ihrem uralten Lover? Sie sah, was sie angerichtet hatte, und beruhigte mich mit einem dicken Kuss.

Nachdem wir uns ein Bild von ihm gemacht hatten, vertieften wir uns in die Texte, in denen Fredy von Muotathal auftauchte. Die meisten aktuellen Artikel beschäftigten sich mit seiner Rolle im Rahmen der Feierlichkeiten zum Jubiläum «500 Jahre Appenzell bei der Eidgenossenschaft». Dort war er offenkundig ein hohes Tier. Er präsidierte das Kommunikationskomitee, das für Information und Public Relations zuständig ist, und er zog die Fäden beim Kontakt mit mehreren wichtigen Sponsoren und Partnern.

Zudem hatte er in den ersten zehn Vorstellungen des Festspiels «Der dreizehnte Ort» in Hundwil in seiner Rolle als Freiherr geglänzt, wenn man den Kritiken glauben durfte. Es ging in der elften Szene des Festspiels um eine, wie die Festzeitung zu berichten wusste, «Liebesgeschichte zwischen dem ausländischen Freiherrn und der einheimischen Magd. Zum Seufzen schön. Und traurig». Entsprechend vielversprechend klang der Titel der Szene: «Ich will dir die Sterne vom Himmel holen.»

Ferdinand von Muotathal musste diese Rolle hinreissend gespielt haben. Er würde jetzt eine tiefe Lücke im Ensemble hinterlassen und andererseits einem Ersatzschauspieler die Chance eröffnen, sich ins Rampenlicht zu spielen. Ob da wohl ein Motiv zu suchen war? Man hört ja oft, dass sich Schauspieler gegenseitig mit Eifersucht und Argwohn betrachten und behandeln. Krimis jedenfalls spielen gerne in diesem Milieu.

Ob sich aus solchen vagen Spekulationen wirklich eine brauchbare Spur ergeben würde, konnten wir nur feststellen, wenn wir das Ensemble des Festspiels kennenlernten. Leider war die nächste Vorstellung erst am 10. August. Während ich noch darüber lamentierte, hatte Adelina längst an ihrem eigenen Computer eine Recherche begonnen. Meine Suchen im Internet waren ihr zu gemächlich und zu einfallslos. Tatsächlich beherrscht sie diese Kunst viel besser, sie stöbert Informationen auch in den entlegensten Winkeln des Netzes auf. Es erstaunte mich deshalb nicht, dass sie nach kurzer Zeit triumphierend mit der Mitteilung ankam, am nächsten Montagabend, den 5. August, sei auf der Bühne in Hundwil eine Zwischenprobe angesetzt, um die lange Aufführungspause zu überbrücken. Dass wir dahin gehen würden, um einen persönlichen Augenschein zu nehmen, war rasch beschlossene Sache.

Ich muss zugeben, dass mich die ganze Geschichte mit den Jubiläumsfeierlichkeiten bisher ziemlich kaltgelassen hatte. Ich hatte zwar pflichtschuldig von deren Existenz Kenntnis genommen und auch mal in der zweiten Ausgabe der Jubiläumszeitung geblättert, doch als Adelina vorgeschlagen hatte, wenigstens das Festspiel zu besuchen, hatte ich sie vage auf später vertröstet. Jetzt war klar, dass wir das so bald wie möglich nachholen wollten.

Dass Fredy von Muotathal in seinen anderen Rollen im Rahmen der Feiern, als PR-Verantwortlicher und Sponsoren-Kontakter, so viel Zorn geweckt haben könnte, dass jemand einen Brandanschlag oder mehr auf ihn verübte, schien unwahrscheinlich. Im Netz jedenfalls gab es nicht den geringsten Hinweis auf derartige Spannungen oder Konflikte. Was noch nicht viel heissen musste. Wer macht schon gerne Streit öffentlich? Wir würden auch in diese Richtung die Augen offen halten müssen, konnten aber jetzt nicht viel tun, weshalb wir diese Recherche auf später verschoben.

Ähnlich hielten wir es mit einer anderen Ermittlungsrichtung. Mit der Nistelbühl GmbH würden wir uns später befassen. Wir hatten registriert, dass Ferdinand von Muotathal alleiniger Inhaber und Geschäftsführer dieser kleinen Firma war, die offensichtlich Mistelessenzen als Grundstoffe für Heilmittel und Kosmetika auf Mistelbasis produzierte und vertrieb. Viel mehr ergab die erste Schnellsuche nicht, und beide hatten wir keine Lust, uns vertieft mit dem Thema zu beschäftigen. Misteln, das klang irgendwie nach Advents- und Weihnachtszeit, nach aufgehängten Mistelzweigen, unter denen man sich küssen darf oder soll. Jetzt dagegen war ein traumhafter Sommertag, unendlich weit weg von winterlichen Gefühlen rund um die Mistel.

Mein Gehirn zeigte wegen der an diesem Tag selbst auf eintausendeinhundert Metern über Meer und trotz eines leichten kühlenden Lüftchens drückenden Hitze die üblichen Aufweichungserscheinungen. Ich hatte keine Lust mehr, mich mit dem Opfer eines Gewaltverbrechens zu beschäftigen, und zog mich mit meiner Zeitung in den Schatten zurück.

Adelina dagegen machte unverdrossen weiter. Ihr war aufgefallen, wie sie mir später erklärte, wie sehr in allen Berichten über Fredy von Muotathal dessen Charme und gewinnendes Wesen gepriesen wurde, ebenso wie seine perfekten Umgangsformen. Das hatte in ihr eine auf Erfahrungen beruhende Vermutung geweckt, die sie bestätigt fand, wie sie mir nach ihrer für meine Begriffe blitzschnellen Recherche freudestrahlend mitteilte: Ferdinand von Muotathal war ein Adeliger.

Was sie, die Tochter einfacher Leute aus Polen, die früh in ihrer Kindheit in die Schweiz ausgewandert waren, für Erfahrungen mit dem Adel habe, fragte ich zunächst erstaunt. Sie gestand mir daraufhin, sie habe mal eine Affäre mit einem Landadeligen aus dem früheren Ostpreussen, das längst zu Polen gehört, gehabt. Dessen Familie war nach dem Krieg nach Westdeutschland geflohen, und nach dem Fall der Mauer hatte sie ihr altes Landgut, das längst zweckentfremdet war, zurückgekauft und sorgfältig restauriert. Die Hauptlast dafür hätte auf den Schultern ihres damaligen Freundes gelegen. Das habe sowohl dessen Finanzen als auch Nerven so stark belastet, dass die Beziehung nach einigen Monaten wieder zerbrach.

Das bedaure sie nicht, fuhr Adelina fort, auch wenn sie sich heute vielleicht Frau Gräfin nennen könnte, hätte die Beziehung gehalten. Immerhin habe sie damals viel über den Adel gelernt, über dessen Sonnen- und Schattenseiten. Sigismund, künftiger Graf von und zu Freienstein, und dessen zahlreiche Verwandtschaft hätten ihr eindrücklich vor Augen geführt, welches Selbstbewusstsein aus der Empfindung wachse, Teil einer uralten, edlen Familie zu sein, die ihre Werte, materielle und immaterielle, über die Generationen hinweg weiterreicht.

Über tadellose Umgangsformen verfügt man in diesen Kreisen selbstverständlich, und das, gepaart mit einer Selbstsicherheit, die man nur erben, nicht aber lernen kann, macht, dass Adelige, trotz ihres Machtverlusts im Laufe der Geschichte, immer noch begehrte und erfolgreiche Teilnehmer am gesellschaftlichen Leben sind. Dass diese gewinnende Selbstsicherheit leicht ins Arrogante und Abweisende kippen könne, habe sie bei ihren damaligen Kontakten mit dem Adel leider auch erfahren müssen.

Sie verscheuchte ihre offenbar nicht nur angenehmen Erinnerungsbilder und erzählte, dass ihr bisheriges Bild von Ferdinand von Muotathal sie an die ihr sattsam bekannten Züge von Adeligen erinnert hätten. Dann war es für sie ein Leichtes gewesen, ihre Vermutung zu bestätigen.

Ich wandte ein, meines Wissens gebe es in der Schweiz gar keinen Adel, doch die gut informierte Adelina belehrte mich eines Besseren. Tatsächlich hatte es auf dem Gebiet der heutigen Schweiz nie einen bedeutsamen Hochadel gegeben, mittlere und tiefere Adelsränge gab es dagegen sowohl in manchen Städten als auch in den Landgebieten. Dieser Adel war nicht einfach ausgestorben, sondern lebte fort, auch nachdem ihm mit der Gründung der modernen Schweiz im Jahr 1848 die letzten Privilegien entzogen worden waren. Das Bewusstsein, etwas Besonderes zu sein, blieb. Im amtlichen Umgang durften sie zwar ihre Adelstitel nicht mehr tragen, im privaten dagegen sehr wohl. Ferdinand von

Muotathal etwa durfte sich Freiherr nennen, wenn er wollte. Das fügte Adelina bei, sei zwar der unterste Adelsrang, vergleichbar mit jenem eines Barons, doch auch das sei alleweil etwas.

Auf meine Nachfrage bestätigte Adelina, das «von» in seinem Namen habe ihre Neugier und ihren Verdacht bestärkt. Allerdings, ergänzte sie, sei bei den meisten Schweizer Geschlechtsnamen das «von» kein Hinweis auf Adel, sondern eine blosse Ortsbezeichnung, so wie viele Namen Berufsbezeichnungen sind. Einige Geschlechter mit einem «von» im Namen gehören aber tatsächlich zum Adel. Wenn man die Listen von Schweizer Diplomaten und vor allem von Protokollchefs und Ähnlichem betrachtet, stösst man erstaunlich oft auf ein paar wenige solcher Namen. Angehörige dieser Familien scheinen für solche Aufgaben bis heute die besten Voraussetzungen mitzubringen.

Die Familie von Muotathal gehört zu diesen Adelsgeschlechtern. Gut katholischer Landadel, ursprünglich tatsächlich aus dem Muotatal stammend, das heute vor allem wegen seiner skurrilen Wetterpropheten bekannt ist, die Ameisenhaufen durchwühlen und Schnee auf der Zunge verkosten. Der Hauptzweig der Familie lebte längst im schönen Luzern. Verwandt und verschwägert war sie, wie Adelina eruiert hatte, mit allen möglichen Adelsfamilien, wobei vor allem die engen Beziehungen zu den Bayrischen Wittelsbachern und den weitverzweigten Habsburgern auffiel. Die letzte habsburgische Kaiserin, Zita, soll nach ihrer Vertreibung aus Österreich wochenlang Unterschlupf im Hause von Muotathal in Luzern gefunden haben.

Ferdinand von Muotathal, dessen Vornamen sich jetzt auch leichter erklären liess, wurde zwar in den Stammbäumen erwähnt, tauchte aber sonst in keiner Adelsgeschichte oder Familienchronik auf. Das liess uns vermuten, er sei so etwas wie das schwarze Schaf der Familie gewesen. Ein Phänomen, das in Adelskreisen besonders häufig auftritt, wie mir Adelina glaubhaft versicherte. Wir mussten unbedingt herausfinden, was Fredy aus der Innerschweiz und dem Schoss seiner Familie ins raue Appenzellerland getrieben hatte.

Meinem trägen Gehirn fiel nichts dazu ein, wie wir das

bewerkstelligen könnten. Adelina dagegen konnte mit Hitze offenbar besser umgehen und suchte weiter. Ich war gerade am Eindösen, als sie mich mit einem neuen, aufregenden Fund wieder weckte.

Sie erzählte, die Frage, wer eigentlich zum Schweizer Adel gehöre, habe sie nicht losgelassen. Bei ihrer Suche sei sie auf einen Artikel eines gewissen Renato von Schumacher gestossen, der sich unter dem Titel «Ritterorden, Adel und Nobilitierung» genau damit befasse. Erscheinungsort und Datum seien auf den ersten Blick nicht erkenntlich gewesen, und sie habe sich damit auch nicht weiter befasst, weil sie in diesem Artikel auf eine sehr interessante Passage gestossen sei. Sie hatte sie ausgedruckt und zeigte sie mir:

Gemäss dem souveränen Malteserorden müssen, um als adelig zu gelten, alle vier Grosseltern für mindestens 200 Jahre (16 Quartiere) von einer der folgenden historischen Familienkategorien abstammen:
1. Familien des mittelalterlichen Adels
2. Schweizer Familien mit ausländischem Adelsbrief (in der direkten Linie)
3. Familien mit ausländischer Adelsabstammung
4. Gross- und Kleinratsfamilien der Republiken Zürich, Bern und Basel
5. Kleinratsfamilien der Republiken Luzern, Fribourg, Solothurn und Schaffhausen sowie der verbündeten Städte St. Gallen und Genf
6. Landammann-Familien der Kantone Uri, Schwyz, Unterwalden, Glarus, Zug und Appenzell sowie der verbündeten Orte Wallis und Graubünden
7. Staatsratsfamilien des verbündeten Fürstentums Neuenburg sowie alle dort ansässigen Adelsfamilien, ferner die ihnen entsprechenden Familien des Bistums Basel und der Fürstabtei St. Gallen
Ist ein Grosselter nicht-adelig, muss die väterliche Adelsabstammung mindestens 250 Jahre betragen, die der anderen 200 Jahre und die nicht-adelige Linie während mindestens drei Generationen eine angesehene soziale Stellung nachweisen. Sind zwei Grosseltern nicht-adelig, muss

die väterliche Adels-Abstammung mindestens 350 Jahre betragen, die der anderen 200 Jahre und die beiden nicht-adeligen Linien während mindestens drei Generationen eine angesehene soziale Stellung nachweisen.
Sind drei Grosseltern nicht-adelig, muss die väterliche Adelsabstammung mindestens 450 Jahre betragen, wobei alle anderen während mindestens drei Generationen eine angesehene soziale Stellung nachweisen müssen.

Begriffsstutzig, wie ich immer noch war, fragte ich, was daran so interessant sei ausser der Tatsache, dass der Adel offenbar ein ziemliches Geschiss um seine Abgrenzung gegenüber dem gewöhnlichen Volk mache. Adelina verwies mich auf den Anfang des Textes. Ihre Aufmerksamkeit geweckt habe die Frage, wer es sei, der hier Adel definiere. Über diesen Souveränen Malteserorden wisse sie einiges, habe es doch zu den unverrückbaren Lebenszielen ihres damaligen Fastverlobten Sigismund gehört, eines Tages in den Orden aufgenommen zu werden.

Die Voraussetzungen dafür hatte er. Er war gut katholisch und vor allem unbestritten adelig. Da hat der Orden nach wie vor strikte Vorgaben: Nur Adelige dürfen Ritter oder Damen werden. An einer Heirat hätte ihn das nicht gehindert, nur die oberste Hierarchieebene, die Professritter, muss keusch leben.

Nun war ich neugierig geworden. Ich wusste um die Existenz des Malteserordens und kannte grob die Geschichte, die mit den Kreuzzügen begann und sich vorwiegend um Hospitaldienste drehte. Lange hatte der Orden seinen Hauptsitz auf der Insel Malta, ehe er von dort vertrieben wurde. Und in manchen Ländern führt der Malteserorden einen eigenen Ambulanzdienst, nicht aber in der Schweiz.

Was ich nicht wusste, mir Adelina aber jetzt erklärte, ist, dass der Souveräne Malteserorden als souveräner Staat anerkannt ist und diplomatische Beziehungen zu über hundert Ländern unterhält. Ein souveräner Staat ohne eigenes Territorium – was es nicht alles gibt.

Ob denn dieser Orden auch in der Schweiz vertreten sei,

wollte ich von Adelina wissen. Sie antwortete, das habe sie bisher auch nicht gewusst, jetzt aber herausgefunden. Die Antwort ist ja. Seit 1961 gibt es die «Helvetische Assoziation des Souveränen Malteser Ritterordens» als Nachfolgerin früherer Vertretungen des Ordens in der Schweiz. Ungefähr zweihundert Mitglieder, Ritter und Damen, hat der Orden hierzulande heute. Zusammen mit anderen freiwilligen Helfern stehen sie armen, kranken und betagten Menschen bei. Dazu kommt die Unterstützung von Projekten im Ausland. So sammelt eine Stiftung des Ordens gebrauchtes Material von Schweizer Schulen und Spitälern, welches zur Wiederverwendung in zwanzig Länder verteilt wird.

Das sei ja alles hochinteressant, wandte ich ein, aber letztlich doch ein unergiebiger Seitenpfad. Erst jetzt holte Adelina ihren Trumpf aus dem Ärmel: Ferdinand von Muotathal war Ritter des Malteserordens gewesen.

Wie sie zu dieser Information gekommen war, wollte ich lieber nicht wissen. Ich ging nicht davon aus, dass die Helvetische Assoziation des Souveränen Malteser Ritterordens ihre Mitgliederliste öffentlich zugänglich gemacht hatte. Doch Adelina hatte im Laufe unserer kriminalistischen Zusammenarbeit schon ein paarmal gezeigt, dass sie nicht davor zurückschreckte, sich bei der Informationsbeschaffung am Rande der Legalität zu bewegen. Auf beiden Seiten dieses Rands wohlgemerkt – wenn es denn um etwas wirklich Wichtiges ging.

Ob das auch hier der Fall war, konnten wir in diesem Moment nicht wissen. Immerhin bot die zusätzliche Information, die Adelina beschafft hatte, vielleicht einen Hinweis. Ferdinand von Muotathal war innerhalb des Ordens wesentlich mitverantwortlich für den Gebrauchtwarenhandel mit der Dritten Welt. Wenn man Krimiautoren glauben will, werden unter solchen Deckmäntelchen der Humanität immer wieder mehr als krumme Geschäfte abgewickelt. Doch kann man Krimiautoren wirklich trauen?

Unsere Phantasie trieb weitere seltsame Blüten. Immerhin war ein Orden wie jener der Malteser immer auch so etwas wie ein Geheimbund, so etwas Ähnliches wie eine Sekte. Und neigen Sekten nicht manchmal dazu, mit widerspenstigen oder gar abtrünnigen Mitgliedern reichlich brachial umzugehen? Hatte Ferdinand von Muotathal einen Konflikt mit der Ordensleitung gehabt? Wollte er gar austreten? So mancher Religionsgemeinschaft erscheint diese Idee zum Vornherein so ungeheuerlich, dass sie gar nicht anders kann, als Austrittswillige drastisch zu bestrafen. An alle diese Möglichkeiten mussten wir denken, wenngleich deren Wahrscheinlichkeit angesichts des untadeligen Rufs des Malteserordens eher gering war.

Die Erkenntnis, dass von Muotathal dem Malteserorden angehört hatte, erschien uns mitteilenswert. Ich rief Karl an, der davon tatsächlich noch nichts gewusst hatte. Im Gegenzug informierte er uns kurz darüber, was das Stöbern in amtlichen Datenbanken erbracht hatte.

Demnach war Fredy, wie Karl ihn jetzt nannte, nachdem er sich erinnert hatte, mit dem Opfer per Du gewesen zu sein, vor zwanzig Jahren in eine Mietwohnung am Rande des Fleckens Appenzell gezogen, wo er heute noch seinen offiziellen ersten Wohnsitz hatte. Karl meinte, so ungewöhnlich sei es nicht, dass ein Katholik aus der Innerschweiz nach Appenzell auswandere, um dort Karriere zu machen. Die Innerrhödler hätten eine solche Zuwanderin mal zur Säckelmeisterin gewählt, also zur Finanzministerin, und in dieser Eigenschaft sei sie später sogar Mitglied des Bundesrats, also des erlauchten Kreises der Schweizer Regierung, geworden. Wenn auch nicht für allzu lange.

Natürlich kannte ich die Geschichte von Ruth Metzler-Arnold, und ich gab Karl recht: So ungewöhnlich ist ein Wechsel von der katholischen Innerschweiz ins ebenfalls gut katholische Appenzell Innerrhoden nicht. Was aber noch nicht erklärte, warum von Muotathal einen Zweitwohnsitz in Ausserrhoden bezogen hatte.

Karl wusste das auch nicht, vermutete aber, das sei wegen der Firmengründung geschehen. Die habe ja auch mit Naturheilmitteln zu tun, und dafür sei Appenzell Ausserrhoden ein gutes Pflaster. Die Firma schreibe übrigens knapp schwarze Zahlen, und auch sonst sei das von Fredy versteuerte Einkommen eher bescheiden, wenn man es mit seinem Lebensstil vergleiche.

Was er damit meine, wollte Adelina, die wieder am Lautsprecher mithörte, wissen. Karl erzählte etwas von immer elegant gepflegter Kleidung und einem Mercedes-Oldtimer. Adelina wandte ein, das seien keine zwingenden Indizien für einen aufwendigen Lebensstil. Der Sinn für Qualität zahle sich langfristig oft aus, weil die Dinger haltbarer seien, und das Auto könne er auch geerbt haben.

Wir einigten uns darauf, dass von Muotathal offenbar die Gleichsetzung von Adel mit viel Geld widerlegt hatte. Das sei nicht aussergewöhnlich, ergänzte Adelina, sie habe damals viele Adelige kennengelernt, die alles andere als reich waren.

Dieser war noch vor seiner Appenzeller Zeit einmal verheiratet gewesen. Nach wenigen Jahren starb seine Frau an den Folgen eines Unfalls. Mehr wusste Karl noch nicht, doch er wollte der Sache nachgehen. Die Ehe war kinderlos geblieben. Nützliche Anhaltspunkte zur Beantwortung der Frage, warum von Muotathal einem heimtückischen Anschlag zum Opfer gefallen war, bot das alles nicht.

Seinen letzten Trumpf hob sich Karl bis zum Schluss auf. Er habe beim Bummel über den Obstmarkt zufällig die zuständige Familienrichterin getroffen, mit der er immer wieder zu tun hatte. Man hatte über das Ableben des allseits beliebten Freiherrn aus dem Festspiel, von dem niemand zu wissen schien, dass es sich dabei um einen echten Freiherrn handelte, unterhalten. Natürlich hatte sich die Kunde von seinem rätselhaften Tod blitzschnell herumgesprochen.

Nach dem rituellen Austausch passender Floskeln des Bedauerns über das Geschehen hatte die Familienrichterin Karl erzählt, sie habe erst kürzlich beruflich mit dem jetzt Verblichenen zu tun gehabt, wenn auch nur in schriftlicher Form. Fredy, wie auch sie ihn nannte, hatte den Antrag auf Anerkennung der Vaterschaft für einen bisher unbekannten und mittlerweile über zwanzigjährigen unehelichen Sohn gestellt.

Sieh an, der ehrenwerte Herr mit untadeligem Ruf hat einen unehelichen Sohn. Und hat ihn, jedenfalls zwei Jahrzehnte lang, totgeschwiegen. Hat sich da jemand gerächt für die Kränkung allzu langer Missachtung? Wir unterhielten uns eine Weile über dieses mögliche Motiv. Karl würde den Unbekannten natürlich auftreiben, doch allzu viel erhofften wir uns von dieser Spur nicht. Warum sollte dieser uneheliche Sohn ausgerechnet in dem Moment zuschlagen, in dem er berechtigte Aussichten hat, endlich anerkannt zu werden?

Wir beendeten das Telefongespräch mit Karl mit mehr offenen als beantworteten Fragen. Der erste Blick auf das Opfer war interessant gewesen und hatte einige vage Anhaltspunkte geliefert. Wirklich weitergekommen waren wir nicht. Daran würde sich so schnell nichts ändern. Wir konnten beim jetzigen Stand nur hoffen, die Polizei unter Karls Leitung würde bald mehr herausfinden. Über das Wochenende würde da jedoch nicht viel laufen. Wir konnten uns also ein ruhiges Wochenende gönnen, um uns vom ganzen Schrecken zu erholen. Die Prognosen versprachen gutes und etwas weniger heisses Wetter.

Kriminaltourismus

Samstag, 3. August

Der nächste Morgen fand uns frisch und ausgeruht. Draussen verlockte das strahlende Wetter dazu, den aufgestauten Bewegungsdrang auszuleben. Beim zweiten Kaffee stellten wir fest, dass wir auch wieder Lust hatten, uns um den Fall zu kümmern. Deshalb beschlossen wir, beides zu kombinieren und einen Wanderausflug zum Tatort zu machen. Beide kannten wir diesen bisher nur in der Nacht und in aufgeregter Atmosphäre. Jetzt wollten wir ihn in aller Ruhe und bei Tageslicht erleben. Vielleicht würde uns ein solcher Augenschein inspirieren und bei der Lösung des Falls weiterhelfen.

Wir wollten zum Kaien gehen und dort das Postauto bis Trogen nehmen. Zum Glück kannte ich den Fahrplan auswendig und wusste, dass dieser Kurs am Samstagvormittag nur alle zwei Stunden verkehrt. Das Postauto kurz nach neun war bereits vor einiger Zeit abgefahren, wir hatten also Zeit für ein kleines stärkendes Frühstück. Die geplante Wanderung von Trogen auf der Route der vorletzten Nacht hinauf zum Nistelbühl und von dort zurück in einer grossen Schlaufe nach Wald würde uns einiges an Kräften kosten.

Adelina bestand darauf, ausreichend Flüssigkeit und Proviant einzupacken. Dass ich das in der Regel nicht brauche und deshalb ohne Rucksack losgelaufen wäre, beeindruckte sie nicht, sie benötige unterwegs Verpflegung. Ritterlich anerbot ich mich, auf der Wanderung den Rucksack zu tragen, wenn sie ihn packen würde. Das gab mir die Gelegenheit, mehr darüber zu erfahren, wohin wir eigentlich wollten.

Ich brauchte mir etwas mehr Mühe zu geben, als sie Adelina gehabt hätte, doch dann fand ich unter ortsnamen.ch die Erklärung, was Nistelbühl bedeutet. Bühl steht für Hügel, und Nistel ist eine schweizerdeutsche Version von Mistel. Nistelbühl bedeutet also «Hügel, auf dem mistelbewachsene Bäume stehen».

Als ich das Adelina mitteilte, meinte sie lakonisch, darauf hätten wir auch selbst kommen können. Schliesslich habe die Nistelbühl GmbH, die Firma von Fredy von Muotathal, mit Mistelessenzen gehandelt, und es liege nahe, dass der Firmensitz auf dem Mistelhügel bewusst gewählt worden sei.

Warum in unmittelbarer Nähe gleich zwei Hügel so getauft worden waren, wie Adelina schon während unserer Fahrt zu einem davon herausgefunden hatte, konnten wir nur vermuten. Es muss bemerkenswert und alles andere als alltäglich gewesen sein, dass man auf diesen Hügeln Misteln gefunden hat. Mir ist auf meinen vielen Streifzügen durch die Appenzeller Hügel nie eine Mistel aufgefallen. Steigt man hinunter Richtung Bodensee oder Rheintal, ist das ganz anders. Dort sieht man mistelbewachsene Bäume häufig. Offenbar ist es ihnen so weit oben zu rau, weshalb sie sich in dieser Höhe nicht ausbreiten können. Oder jedenfalls nur in bemerkenswerten Ausnahmefällen wie den beiden Mistelhügeln.

Dass etwas so selten vorkommt wie Misteln im höher gelegenen Appenzellerland, genügt nicht, um einen Flurnamen zu prägen, dieses Etwas muss auch eine gewisse Bedeutung haben. Diese hatte die Mistel offensichtlich, sonst hätte man ihr nicht so viele volkstümliche Bezeichnungen gegeben: Donnerbesen, Druidenfuss, Hexenbesen, Hexenkraut, Wintergrün, Bocksbutter, Albranken, Vogelkraut oder Kreuzholz.

Manche dieser Bezeichnungen, die wir bei Wikipedia fanden, gaben uns Rätsel auf. Dann fand Adelina auf einer Seite über Naturheilkunde diesen Text, der bewies, dass die Mistel in der Volksmedizin schon lange eine wichtige Rolle spielte.

Die Kelten verehrten Misteln als Allheilmittel gegen jedwede Krankheit, gegen Gift und Unfruchtbarkeit. Wie Plinius der Ältere erzählt, zogen die keltischen Druiden in die Eichenhaine, um dort mit goldenen Sicheln Misteln zu schneiden und daraus einen Trank gegen Unfruchtbarkeit zu brauen (diese Geschichte wurde hinsichtlich Asterix und Obelix im Übrigen übernommen). Er schreibt, dass «die Druiden nichts Heiligeres kennen als die Mistel und den Baum, auf dem sie wächst, sie glauben, dass es sich dabei um Eichen handelt».

Angesichts der wichtigen Rolle, welche die auf alten Pappeln, Obstbäumen, Tannen und Föhren schmarotzende eigentliche Mistel in der Volksmedizin und im Sonnenwendbrauchtum in den ehemaligen keltischen Ländern spielt, … und weiter:

… die Druidenmistel, die in allen keltischen Sprachen als «Allesheiler» (irisch: uil-ic eadh, altkeltisch oljo-liagi) bezeichnet wird …

Bauern kochten Mistelzweige in Bier und gaben das Getränk «verzaubertem» Vieh zu saufen. Mistel schützte im Volksglauben gegen Blitzeinschlag; brachte als Amulett Glück – in Wales heisst es sprichwörtlich: «No misteltoe, no luck» (Ohne Mistel kein Glück!).

Seit Urzeiten kochte man Salben und braute Getränke aus der Mistel, um die Fruchtbarkeit zu fördern, harte Geschwulst zu vertreiben oder Fallsucht (Epilepsie) vorzubeugen.

Nach dem Schweizer Volksglauben heilt die Mistel Kröpfe, Geschwüre, Fallsucht, Ohrenkrankheiten, Milzleiden, Rotlauf, Gicht, Gift, Pest, Würmer und Frostbeulen.

Auch Kräuterpfarrer Kneipp, unbewusst ganz mit dem keltischen Volksgeist verbunden, empfahl den Frischsaft aus den jungen Zweigen gegen Unfruchtbarkeit, Gebärmutterstörungen, Gebärmutterblutungen und -geschwülste sowie Weissfluss. Er schrieb: «Den Müttern kann ich die Misteln nicht genug ans Herz legen, sie mögen recht gute Bekanntschaft mit ihr machen!»

Dass man die Mistel in jüngerer Zeit in der Krebstherapie einsetzen würde, konnten die Namensgeber des Nistelbühls, die das Gebiet erst im Spätmittelalter besiedelt haben dürften, nicht wissen, ebenso wenig wie, dass in einer weltberühmten Comicserie dereinst der Druide Miraculix seinen enorme Kräfte verleihenden Zaubertrank für Asterix und Co. auf der Basis von Mistel entwickeln würde. Auch dass man sich im angelsächsischen Raum zur Weihnachtszeit unter in Wohnungen aufgehängten Mistelzweigen küsst, konnten sie kaum ahnen.

Ebenso wenig dürfte ihnen die Geschichte aus der germanischen Mythologie bekannt gewesen sein, in der die Mistel eine unrühmliche Rolle spielt: Der Gott Loki tötet den schönen jungen Gott Balder. Dessen Eltern hatten alle anderen Elemente der Erde schwören lassen, Balder nichts zuleide zu tun. Nur die Mistel erschien ihnen zu unwichtig, um sie in diesen Schwur einzubeziehen. Deshalb konnte Loki dem blinden Hödr einen Mistelzweig auf den Bogen spannen und ihn damit auf Balder zielen lassen. Ergebnis: Balder war, vorläufig zumindest, mausetot. Die Mistel hatte sich als die Achillesferse von Balder erwiesen.

Schmarotzer, Heilmittel, Liebesförderer, Zaubertrank, Achillesferse: Die Mistel deckte wahrlich ein breites Feld von Assoziationen und Bedeutungen ab. Zu gerne hätten wir das an einem lebenden Exemplar überprüft, doch wir fanden, um es vorwegzunehmen, auf unserer Wanderung keine einzige Mistel. Auch auf dem Nistelbühl, dem ursprünglichen Mistelhügel, waren die Misteln offenkundig in der Zwischenzeit verschwunden.

***

Dafür bot schon der kurze Marsch vom Dorfplatz in Trogen hinauf zur Abzweigung reichlich volkskundliches Anschauungsmaterial. Der ursprüngliche Landsgemeindeplatz selbst ist ein Bijou. Er gilt zu Recht als einer der schönsten Dorfplätze weit und breit. Die prächtigen Steinhäuser, die ihn säumen, zeugen vom ehemaligen Reichtum der Textildynastie Zellweger, die globale Geschäfte betrieb, lange bevor es das Wort Globalisierung gab.

Danach passierten wir das Kulturhaus Trogen, ein Symbol dafür, dass Trogen heute den Ruf eines Kulturdorfs hat, das Künstlerinnen und Künstler aller Art anzieht. Auch Sophie Taeuber-Arp ist hier aufgewachsen, ehe sie nach Zürich zog und dort mithalf, die Kunstbewegung des Dadaismus zu begründen.

Etwas weiter oben war ein unscheinbares Haus mit «Kirche der Freunde Jesu» angeschrieben. Ich kannte diese spezielle Freikirche nicht, wusste aber, dass es solche evangelikalen Bewegungen im Appenzellerland häufiger gibt als anderswo, genau so übrigens wie im Emmental, im Schwarzwald oder auf der Schwäbischen Alb. Überall dort, wo die Menschen in verstreuten Einzelhöfen und Weilern ziemlich isoliert leben, blühen solche radikalen religiösen Strömungen.

Wir beschäftigten uns nicht weiter mit solchen Gedanken, denn rechter Hand tauchte bereits das Pestalozzi-Dorf mit seiner markanten kleinen Sternwarte auf der Hügelkuppe auf. Das Kinderdorf Pestalozzi war ursprünglich als Zufluchtsstätte für Kriegswaisenkinder gegründet worden und betreibt heute allerhand Projekte zur interkulturellen Verständigung und zur Bildung benachteiligter Kinder. Zusammen mit den Tatsachen, dass Henry Dunant, der Gründer des Roten Kreuzes, seine letzten Lebensjahre im Appenzellerland verbracht hatte und dass der frühere, hoch geachtete Präsident des Internationalen Komitees des Roten Kreuzes aus dem Appenzellerland stammte, war das Kinderdorf ein Symbol für die humanitäre Tradition des Appenzellerlandes.

Eine kleine Strasse bog nach links ab, auf die ein Wegweiser hinwies, auf dem «Nistelbühl» stand. Wir hatten natürlich zuvor Karten studiert, ich eine aus Papier und Adelina eine auf ihrem iPad, und deshalb wussten wir, dass diese Strasse nicht zum Nistelbühl führte, sondern nur zu einem Parkplatz, von dem aus man die Blockhütte und den Spielplatz Nistelbühl auf einem schmalen und steilen Waldpfad zu Fuss erreichen kann. Wir gingen deshalb weiter aufwärts bis zur Stelle, an der sich rechter Hand der Gasthof Sand befindet. Gegenüber zweigt jene Schotterpiste ab, auf der wir neulich zum Nistelbühl hochgefahren waren.

Jetzt war diese kleine Strasse ganz gesperrt. Den Grund sahen wir bald: Das Unwetter in der Brandnacht hatte tiefe Gräben in die Schotterpiste gespült, ein normales Auto wäre da nicht mehr hochgekommen. Zu Fuss war der viertelstündige Aufstieg zum Weiler Nistelbühl kein Problem. Ein solches hatten wir erst, als wir oben ankamen.

Dort wimmelte es von Menschen. Die Zeitungen hatten an diesem Tag ausführlich über den Brand und den tragischen Todesfall des weit herum bekannten Fredy von Muotathal berichtet. Das hatte genügt, um einen eigentlichen Kriminaltourismus auszulösen. Jedermann wollte einen Augenschein auf die Brandruine werfen und das Gruseln bei der Vorstellung, wie hier jemand zu Tode gekommen war, geniessen. Es hätte nur noch gefehlt, dass jemand einen Bratwurststand aufmachte.

Nur eines genossen wir, die Aussicht. Dass man vom niedergebrannten Haus aus nicht nur die wogende Hügellandschaft des Appenzeller Vorderlandes sehen konnte, sondern auch weite Teile des Bodensees, hatten wir in der Nacht nicht realisiert. Jetzt wurde uns klar, dass dieser Blick ein wesentlicher Grund für die Wahl des Lebensortes von Fredy von Muotathal gewesen sein könnte, der dafür sogar die Unbequemlichkeit einer fehlenden Zufahrt in Kauf genommen hatte.

Wir ergriffen rasch die Flucht. Das weitgehend heruntergebrannte Haus bot keine Aufschlüsse, wir sahen nur das, was zu sehen war: eine traurige Brandruine. Und etwas von der Magie eines mistelgeschwängerten Orts zu spüren, war ohnehin unmöglich angesichts dieser lärmigen Menschenmassen. Wir gingen wieder hinunter zur Blockhütte und nahmen dort die Abzweigung, die uns auf Umwegen nach Hause führen sollte.

Der Wald dampfte immer noch von den Regenmassen, die in der Brandnacht heruntergeprasselt waren und in der warmen Luft verdunsteten. An einigen Stellen waren die Ränder der nicht geteerten Waldstrasse unterspült worden und abgebrochen. Andernorts sahen wir kleine Erdrutsche. Da der Weg zunächst abwärtsführte, konnten wir uns unangestrengt über das Wirken der Erosion unterhalten. Jedes Unwetter spülte irgendwas von den Hängen weg hinunter in die von Bächen durchzogenen Schluchten, die im Appenzellerland als Tobel bezeichnet werden. Nie war diese Landschaft wirklich stabil, auch wenn die Veränderungen nur unmerklich geschahen.

Die Grosse Säge, zu der wir abstiegen, war offenkundig noch in Betrieb, im Gegensatz zu vielen anderen Orten, die den Namen Säge tragen, deren dazugehörige Sägereibetriebe aber längst aufgegeben wurden. Früher reichte die Kombination aus reichhaltigem Holzangebot und einer Energiequelle in Form eines sprudelnden Bachs, um einen Sägereibetrieb im Appenzellerland rentabel zu gestalten, heute ist die Konkurrenz von Grossbetrieben zu stark.

Wir freuten uns, dass es Ausnahmen gab, vor allem aber über

den immer noch mit viel Wasser strömenden Sägebach, der oberhalb der Säge einen prächtigen Wasserfall bildete. Überhaupt entschädigten uns die vielen in voller Pracht sprudelnden Bäche für die Unannehmlichkeiten des Wegs. Dieser war überall noch nass und glitschig. Mancherorts musste man über schmatzenden Schlamm richtiggehend hinwegtänzeln, was uns zunehmend schwererfiel, weil wir vom stetigen Auf und Ab ermüdet waren.

Von der Grossen Säge ging es weit hinauf zum einsam gelegenen Hof Ebnetschachen, dessen Abgelegenheit kompensiert wurde durch eine einmalige Aussichtslage. Danach führte der Weg lange Zeit durch den Wald, entlang des Abhangs des Suruggen. Der Eindruck von Schroffheit, den die senkrecht abfallenden Felswände zuoberst am Hang erzeugten, und von Dunkelheit, hervorgerufen durch dichte, fast nur aus Fichten bestehende Waldflächen, wurde durch grosse Lichtungen gemildert, auf denen Laubbäume noch nicht sehr hoch wuchsen.

Die Strasse von Trogen nach Landmark, die wir später erreichten, war noch wegen Erdrutschen gesperrt, wie wir wussten. Wir konnten einem Räumungstrupp bei der Arbeit zusehen, die Geröllfluten, die sich auf die Strasse ergossen hatten, wegzuräumen. Dann ging es schon auf einer bequemen Waldstrasse hinunter zum Oberegger Sägli, das nur noch ein Wohnhaus ist.

Wieder hinauf auf morastigem Pfad, bis wir vertrautes Gelände erreichten. Wir kamen nämlich zum «Nord», einem abgelegenen Weiler von Trogen, und dieser Ort war nicht weniger als der Schauplatz unseres zweiten Falls («Mord im Nord»). Schon auf unserer Postautofahrt von Wald nach Trogen waren wir am Schauplatz unseres ersten Falls vorbeigekommen, dort, wo ich «Eine Leiche in der Bleiche» gefunden hatte. Allerdings war an der Südseite der Brücke der ganze Wald abgeholzt worden, was dem Platz viel von seiner Düsterheit nahm. Ich konnte mir kaum noch vorstellen, dass im Bach unter der Brücke einmal tatsächlich ein Toter gelegen hatte.

Das kleine Haus im Nord, in dem ich damals den toten Hans Bärlocher gefunden hatte, stand immer noch leer, niemand wollte in ein Mordhaus einziehen, das auch noch sehr abgelegen war.

Wir liessen es links liegen und folgten dem Bachlauf aufwärts bis zur steinernen Brücke über den Bach. Von dort ging es noch einmal rund dreihundert Höhenmeter hinauf bis zu meinem Haus.

Die Wanderung hatte uns beide ermüdet. Lust auf eine Besprechung des Falls hatten wir keine mehr. Stattdessen starteten wir das Unternehmen, das wir eigentlich längst geplant hatten: ein faules Wochenende.

Theater

Montag, 5. August

Die Folge sonniger Sommertage zog sich fort. Für hiesige Verhältnisse war es immer noch ziemlich heiss. Adelina und ich hatten deshalb vollstes Verständnis dafür, dass Karl Abderhalden nicht zu uns auf den Hügel hinaufschnaufen wollte, sondern vorschlug, auf der Terrasse des Hirschen eine Kleinigkeit zu essen und dabei die neuen Ergebnisse im Fall von Ferdinand von Muotathal zu besprechen.

Bis zu Karls Anruf hatten wir den Vormittag genutzt, um einige liegen gebliebene Arbeiten am Computer zu erledigen. Noch herrschte Ferienflaute, weshalb sich sowohl in meinen Tätigkeitsfeldern als auch bei Adelina die dringenden Erledigungen auf ein überschaubares Ausmass reduziert hatten. So konnte sie mindestens noch diesen Tag bei mir oben bleiben, was mir freudvolle Gefühle bescherte.

Als wir nach einer Viertelstunde Abstieg im Hirschen ankamen, war Karl noch nicht da. Das hatte einen einleuchtenden Grund: Der Weg vom Hauptquartier der Ausserrhoder Kantonspolizei nach Wald war seit acht Monaten deutlich länger geworden. Am 26. November des Vorjahrs war die Kantonspolizei von Trogen nach Herisau umgezogen, in den inoffiziellen Hauptort von Appenzell Ausserrhoden, weil die Platzverhältnisse am alten Ort untragbar geworden waren. Mit diesem längeren Anfahrtsweg stieg die Chance, in einen Stau zu geraten oder hinter einem landwirtschaftlichen Fahrzeug oder gar einer Kuhherde herschleichen zu müssen.

Einen schattigen Tisch zu finden, war angesichts der gähnenden Leere auf der Terrasse des Hirschen nicht schwer. Nur Lydia, Serviertochter, Bäckereiverkäuferin, Mädchen für alles und vor allem gute Seele des Hirschen, sass da zusammen mit einem Gast und genoss es offensichtlich, Zeit für einen ausgiebigen Schwatz zu haben. Wir setzten uns und gaben ihr zu verstehen, das mit der Bestellung habe Zeit bis zum Eintreffen von Karl, sie könne also ruhig weitererzählen.

Das tat sie denn auch in ihrer kuriosen Sprache, einer Mischung aus ihren kroatischen Wurzeln und Schweizerdeutsch, gespickt mit vielen «lis» am Ende wie etwa bei «Autöli», nicht immer einfach zu verstehen, selbst wenn man sie schon öfter gehört hat. Jetzt allerdings kapierten Adelina und ich sofort, worum es ging.

Thema war das Gastzimmer des Hirschen, in dem einige Wochen zuvor Graziella Rosengarten erschossen worden war. Dieser Mordfall, dessen Aufklärung wir am 1. August gefeiert hatten, hatte beträchtliches Aufsehen erregt und zu einer Art Kriminaltourismus geführt. Von nah und fern waren Menschen zum Hirschen geströmt, um das wohlige Gruseln zu geniessen, das die Anwesenheit an einem Tatort auslöst – bei manchen jedenfalls.

Viele dieser Kriminaltouristen, erzählte Lydia entrüstet, würden sogar ausdrücklich verlangen, einen Blick in das Mordzimmer werfen zu können. Weil auch solche Gäste Batzeli brächten, lasse man sie halt gewähren. Doch es habe ein Problem gegeben. Viele wollten schauen, aber niemand mehr wollte in diesem Zimmer übernachten, obwohl es doch eigentlich das schönste im Gasthaus sei.

Sie selbst habe das gut verstanden, fuhr Lydia fort, auch sie habe in diesem Zimmer ein komisches Gefühl gehabt. Sie fürchte sich nicht so schnell, aber in diesem Zimmer schon. Es habe nicht einmal etwas genützt, dass Walter, der Wirt des Hirschen, sofort nach der Freigabe des Tatorts das Zimmer habe neu streichen und Teppich und Mobiliar habe auswechseln lassen. Ein böser Geist sei geblieben.

Vor ein paar Tagen sei ein Typ im Hirschen aufgetaucht, ein schon ziemlich alter, aber mit langen Haaren bis hierher – Lydia zeigte auf ihre Schultern – und mit einem Federli drin. Er heisse Albert, habe er gesagt, und sei katholischer Schamane. Lydia schüttelte den Kopf. Was katholisch sei, wisse sie, das sei sie selbst, aber was ein Schamane sei, habe sie bis jetzt nicht ganz begriffen.

In diesem Moment trat Walter an den Tisch der beiden und setzte die Erzählung fort. Das ging, wie immer bei ihm, nicht ganz flüssig, doch der Gast hatte offensichtlich Zeit. Die hatten wir auch, denn Karl hatte angerufen, um mitzuteilen, es könne bei ihm noch rund zehn Minuten dauern.

Er habe, nahm Walter den Faden auf, von diesem Albert schon vorher gehört gehabt, ihn aber nie persönlich getroffen. Man habe von ihm als seltsamem Kauz gesprochen, als schrägem Vogel oder als Original. Im Appenzellerland, klärte er den Gast auf, der nicht von hier zu stammen schien, spreche man in diesem Zusammenhang von einem «Äägne», einem Eigenen.

Das Appenzellerland, fuhr Walter fort, sei schon immer ein gutes Biotop für solche Querdenker gewesen. In den siebziger Jahren des letzten Jahrhunderts seien viele Aussteiger dahin gezogen, besonders gerne in abgelegene Höfe, wo sie in Ruhe und ungestört ihre Kommunenexperimente leben konnten. Albert sei eines der letzten Überbleibsel dieser alternativen Einwanderungswelle. Er lebe bis heute irgendwo im Innerrhodischen in einem einsam gelegenen und sehr einfach eingerichteten alten Bauernhaus, soweit man wisse, ganz allein.

Jetzt erinnerte ich mich, irgendwo mal ein Porträt dieses Albert gelesen zu haben. Demnach hatte er, wie es damals in alternativen Kreisen nicht unüblich war, jahrelang in Südamerika gelebt, um von eingeborenen Schamanen deren Heilpraktiken zu lernen. In Innerrhoden hatte er gemerkt, dass es Parallelen gibt. Auch dort gibt es eine alte Tradition der Geistheilung, in denen Rituale wie Räuchern eine wichtige Rolle spielten. Albert entdeckte seine katholischen Wurzeln wieder und verband diese mit den schamanistischen Ansätzen der südamerikanischen Indios zu einer eigenständigen spirituellen Praxis, die er als katholischen Schamanismus bezeichnete. Wie es in beiden Traditionen guter Brauch ist, verlangte er kein Geld für seine Heilertätigkeit, war damit jedoch offenbar so erfolgreich, dass er von den freiwilligen Spenden sein einfaches Leben finanzieren konnte.

Walters Beschreibung dieses Albert lieferte ein ähnliches Bild, ehe er zur entscheidenden Stelle seiner Erzählung kam. Der katholische Schamane habe bei seinem Auftauchen angeboten, das fragliche Zimmer spirituell zu reinigen, damit es danach keinerlei negative Schwingungen mehr aufweisen würde und somit wieder problemlos bewohnbar werde. Er, Walter, habe sich dieses Angebot einen Moment lang überlegt und beschlossen, einem Grundsatz zu folgen, der sich im Appenzellerland bewährt hat: Nützt es nichts, so schadet es nichts. Und wenn es nichts kostet, kann man es ja einfach ausprobieren.

Daraufhin habe Albert seinen Rucksack geschultert und sei sofort zum Mordzimmer gegangen. Walter und Lydia folgten ihm, ebenso ein zufällig anwesender Gast, der nicht nur neugierig war, sondern auch eine Kamera dabeihatte, mit der er Bilder von Alberts Tätigkeit aufnehmen konnte. Lydia anerbot sich, die «Bildli» zu holen, von denen der Hirschen Ausdrucke bekommen hatte, und kehrte bald darauf mit einem Stapel Fotografien zurück.

Adelina und ich waren längst Teil des Zuhörerkreises geworden und durften uns die Bilder ebenfalls ansehen. Man sah darauf einen hageren Mann mit schlohweissem Haar, in dem eine Feder steckte. Auf einem Bild schwenkte er eine Räucherpfanne, auf einem anderen verteilte er mit einem Wedel Weihwasser im Raum, und auf einem dritten sah man ihn eine durchsichtige Flüssigkeit aus seinem Mund ausspucken, die sich in feinen Tröpfchen verteilte.

Walter erklärte, es habe sich dabei um Agua florida gehandelt, ein original südamerikanisches Duftwasser, das von Schamanen zur Reinigung eingesetzt wird. So jedenfalls habe es Albert erklärt. Lydia ergänzte, dieser Albert habe die ganze Zeit Sprüche gemurmelt, die sie nicht verstanden habe, doch einige Namen von Heiligen seien ihr bekannt vorgekommen.

Wie lange das Ganze gedauert habe, wollte der Gast wissen, und nach einigem Hin und Her einigten sich Lydia und Walter auf etwa eine halbe Stunde. Dann habe Albert erklärt, das Zimmer sei jetzt gereinigt, und für diese Arbeit wolle er nicht einmal eine Spende, das sei ein Akt der Nächstenliebe gewesen. Walter hatte nichts dagegen und liess ihn ziehen.

Walter meinte, er wisse bis jetzt nicht, ob es wirklich was genützt habe, doch Lydia war entschieden anderer Ansicht. Sie spüre seitdem in diesem Zimmer tatsächlich nichts Negatives mehr. Im Gegenteil, sie fühle sich darin jetzt wieder ausgesprochen wohl. Sie finde, Albert habe sehr gut gewirkt, und im Übrigen habe vor Kurzem wieder ein Gast in diesem Zimmer völlig problemlos übernachtet.

Walter bestätigte diesen Sachverhalt und war darob sichtlich erleichtert. Wir konnten ihm das nachfühlen und mochten es ihm gönnen, dass künftige Kriminaltouristen jetzt vielleicht sogar besonders gerne eine Nacht in diesem speziellen Zimmer verbringen würden.

***

Mittlerweile war Karl eingetroffen. Um es der Küche leichter zu machen, bestellten wir alle drei einen garnierten Wurst-Käse-Salat. Erst beim Kaffee kamen wir auf unseren Fall zu sprechen. Auszutauschen gab es nicht viel. Ich hatte Karl schon gesagt, als er an diesem Vormittag anrief, wir hätten über das Wochenende keine neuen Erkenntnisse gewonnen, und mich etwas darüber gewundert, dass er uns dennoch persönlich treffen wollte. Er hatte nur vage angedeutet, er könne vielleicht unsere Hilfe brauchen, speziell die von Adelina. Sie möge doch bitte ihren Laptop mitnehmen, was sie auch brav gemacht hatte.

Mittlerweile war niemand mehr ausser uns auf der Terrasse, sodass Karl ohne Ohrenzeugen sein Anliegen vorbringen konnte. Die Spurensicherung habe früh an diesem Morgen, als sie noch einmal die Brandruine untersuchte, etwas gefunden: eine externe Festplatte, wie sie zur Datensicherung verwendet wird. Es habe sich dabei um ein schon etwas älteres Modell gehandelt, das sehr robust sein müsse. Diese Festplatte habe, obwohl ziemlich ramponiert, ihre Werbeversprechen eingehalten und sich als feuerfest und wasserdicht erwiesen.

Die gute Nachricht sei, so Karl, dass der ganze Datensatz auf der Festplatte unversehrt geblieben war. Seine Spezialisten hatten, wenngleich mit einigem Aufwand, sogar eine Kopie davon ziehen können. Die schlechte Nachricht sei, dass diese Daten passwortgeschützt seien. Um die Lage weiter zu verschlimmern, sei sein einziger Mitarbeiter, der solche Zugangssperren schon einige Male erfolgreich geknackt hatte, noch zwei Wochen in den Ferien. Anfragen um Unterstützung an befreundete Kantonspolizeien seien nur müde abgewinkt worden, auch dort hatte man keinerlei freie Kapazitäten.

Ob Adelina als anerkannte Spezialistin für solche Fälle nicht ein wenig helfen könne? Er habe den Datensatz auf einem USB-Stick dabei. Adelina liess sich nicht lange bitten und stöpselte den Stick an ihrem Laptop ein. In gewohnter Manier liess sie ihre Finger über die Tasten flitzen. Nach gefühlten zwei Minuten runzelte sie die Stirn und erklärte, auf die einfache Tour sei diese Sperre nicht zu knacken. Dafür brauche sie entschieden mehr Zeit. Und die habe sie derzeit nicht. Noch unterwegs zum Hirschen hatte sie ein SMS bekommen, das sie zu einem dringenden Notfalleinsatz rief. Nach dem Mittagessen musste sie zu ihrer Stadtwohnung aufbrechen und würde zwei oder drei Tage unterwegs und voll ausgelastet sein. Erst danach könne sie sich mit dem leidigen Passwort befassen.

Karl hatte sich eine schnellere Lösung erhofft und war entsprechend enttäuscht. Es sei natürlich juristisch absolut unmöglich, dass er uns die Daten dalasse, die Weitergabe sensibler Daten durch die Polizei an private Ermittler verletze jede Menge Datenschutzbestimmungen. Es wäre natürlich schön, wenn sich Adelina nach ihrer Rückkehr damit befassen würde, doch, wie gesagt, ginge das eigentlich nicht.

Sprach's und verschwand in Richtung Toilette, nicht ohne entschuldigend angekündigt zu haben, es könne eine Weile dauern. Ich war mir keineswegs sicher, ob das wirklich eine mehr oder weniger verschleierte Aufforderung zum Datenklau war, doch Adelina war von keines Zweifels Blässe getrübt und kopierte sofort den ganzen Inhalt des immer noch eingestöpselten USB-Sticks auf ihre eigene Festplatte. Obwohl mir nicht ganz wohl dabei war, liess ich sie gewähren. Wer weiss, vielleicht fand sich in diesen Daten ja wirklich endlich eine heisse Spur.

Denn solche gab es, wie uns Karl nach seiner Rückkehr an unseren Tisch erklärte, nach wie vor nicht. Höchstens lauwarme. Eine solche hatte sich aus dem Kontakt mit dem unehelichen Sohn ergeben, den Karl an diesem Vormittag herstellen konnte. Er hatte mit ihm, einem gewissen Richard Müller, per Skype gesprochen und berichtete, die Ähnlichkeit mit seinem mittlerweile leider verblichenen Vater sei nicht zu übersehen.

Richard Müller, wusste Karl zu berichten, war erst vor Kurzem als Mitarbeiter einer kleinen, aber feinen Privatbank in Berlin eingestiegen und hatte dort am Tag des Brandanschlags zusammen mit einem ganzen Team bis spät in die Nacht an einem Projekt gearbeitet. Der Form halber wollte Karl das per Amtshilfegesuch von seinen Berliner Kollegen noch überprüfen lassen, doch er zweifelte nicht am Alibi von Müller. Die tief betroffene Reaktion auf die Mitteilung vom Ableben seines leiblichen Vaters sprach dafür, dass er davon wirklich erst jetzt erfuhr.

Von diesem Vater hatte Richard Müller bis vor Kurzem nichts gewusst. Seine Mutter hatte ihm und den Behörden gegenüber immer angegeben, Richard sei das Produkt einer Zufallsbegegnung mit einem Unbekannten. Erst kurz vor ihrem Tod nach einer langen Krankheit hatte sie Richard den Namen seines Vaters genannt und angedeutet, sie habe seinerzeit aus Rücksicht auf die adelige Herkunft des Mannes diesem gegenüber verschwiegen, dass ihre kurze Affäre mit einer Leibesfrucht gesegnet worden war. Ferdinand von Muotathal wusste deshalb nichts von seiner Vaterschaft.

Nachdem die Mutter gestorben war, suchte Richard Müller den Kontakt zu seinem Vater. Angesichts dessen nicht eben häufigen Namens war es leicht gewesen, ihn zu finden. Nach einer ersten Schrecksekunde hatte Ferdinand von Muotathal seinen Sohn herzlich aufgenommen und ziemlich bald die nötigen Schritte eingeleitet, ihn als legitimen Abkömmling der von Muotathal zu anerkennen.

Der Sohn habe, fuhr Karl fort, anfänglich etwas Mühe gehabt, sich an den Gedanken zu gewöhnen, dass er bald einen neuen Namen tragen könnte, wenn er wollte. Dann hätte sich ein gesunder Pragmatismus durchgesetzt: In einer Privatbank, die viele Hochwohlgeborene zu ihren Kunden zählt, macht es sich einfach besser, wenn auf der Visitenkarte nicht Richard Müller steht, sondern Freiherr Richard von Muotathal. Auch das Verfahren zur Namensänderung war deshalb bereits eingeleitet worden.

Ob es dazu jetzt, nach dem jähen Tod seines Vaters, noch kommen würde, war laut Aussage seines Sohnes noch ungewiss. Das, so Karl, bedeute, dass Richard Müller kein Interesse an einem frühzeitigen Ableben seines Vaters gehabt haben konnte, und damit schon gar kein Motiv. Als Attentäter kam er damit, zusammen mit seinem Alibi, einwandfrei nicht in Frage.

Dafür vielleicht jemand anders. Wie Karl zu berichten wusste, hatte ihm Richard Müller erzählt, er hätte von seinem Vater Fredy von einem Vorfall anlässlich einer kürzlich stattgefundenen Feier zum runden Geburtstag des Familienoberhauptes gehört. Diesem Familienoberhaupt, einer gestrengen alten Dame mit einem Moralkorsett aus Stahlseilen, wie sich Fredy ausdrückte, habe er von seinen Plänen erzählt, seinen unehelichen Sohn zum offiziellen Erben zu erklären.

Die alte Dame habe daraufhin einen Wutausbruch bekommen. In ihrer Familie gebe es keine unehelichen Kinder, das sei ein unverzeihlicher Angriff auf die Familienehre. Es könne doch nicht einfach ein Dahergelaufener daherkommen und den ehrbaren adeligen Familiennamen beanspruchen. Wenn Fredy an seinen Plänen festhalte, drohe ihm die Ächtung durch die ganze Familie und der endgültige Ausschluss aus dem Kreis derselbigen. Wenn nicht Schlimmeres.

Richard Müller kannte die Familie nur aus Fredys Erzählungen, und die liessen ihn daran zweifeln, dass solchen wüsten Drohungen wirklich Taten gefolgt waren. Schon gar nicht so gewaltsame. Solche Kreise hatten andere wirksame Methoden, ihre schwarzen Schafe nachhaltig zu schädigen.

Immerhin könne man diese Spur nicht gänzlich ausschliessen, meinte Karl. Adelina fand einen Verdacht in diese Richtung ziemlich abwegig. Wir einigten uns darauf, dass der Täter aus dem Kreis der Familie stamme, sei momentan ziemlich unwahrscheinlich, wenngleich nicht ganz unmöglich.

Dasselbe galt nach der Einschätzung durch Karl auch für die zweite Richtung, in der er ermittelt hatte. Es war ihm gelungen, mit dem Präsidenten der Helvetischen Assoziation des Malteserordens Kontakt aufzunehmen. Dieser, ein Herr mit einem bekannten Westschweizer Adelsnamen, war laut Karl hörbar erschüttert gewesen, als er erfuhr, dass sein Mitbruder Ferdinand von Muotathal eines gewaltsamen Todes gestorben war, und hatte bereitwillig Auskunft erteilt.

Die Schilderung des Präsidenten hatte zunächst das vorherrschende Bild des Opfers bestätigt. Ferdinand von Muotathal war auch innerhalb des Malteserordens äusserst beliebt gewesen und galt auch dort als ebenso charmant wie einsatzwillig. Abweichungen vom Pfad eines vorbildhaften christlichen Lebenswegs waren dem Präsidenten nicht bekannt.

Karl hatte, wie er erzählte, an dieser Stelle in der Stimme des Präsidenten ein kleines Zögern gehört und durch geschickte Nachfragetechnik erreicht, dass dieser mit der Sprache herausrückte. Einen dunklen Fleck gab es auf der sonst so strahlend weissen Weste des Ordensritters Ferdinand doch.

Wie Adelina schon herausgefunden hatte, war von Muotathal innerhalb des Schweizer Malteserordens zuständig für das Sammeln von gebrauchtem Material in Schulen und Spitälern und dessen Verteilung zur Wiederverwendung in armen Ländern. In dieser Eigenschaft war er ein paar Wochen zuvor zum Präsidenten des Ordens gekommen, um eine Art Beichte abzulegen.

Laut seinem Geständnis hatte sich Ferdinand von Muotathal in einem der Empfängerländer mit einem dubiosen Schrotthändler eingelassen. Dieser hatte ihn dazu überredet, einen Teil der Hilfsgüter verschwinden zu lassen, um sie in seine Verkaufskanäle umzuleiten. Dafür hatte er ein paar tausend Dollar erhalten, Geld, das er dringend gebraucht hatte.

Die Reue hatte ihn gepackt, und er packte aus. Er nannte Namen und Summen und versprach, das ergaunerte Geld in

Raten zurückzuzahlen, natürlich nicht an den Schrotthändler, sondern an den Orden. Zudem versprach er hoch und heilig moralische Besserung.

Der Präsident des Ordens hatte Karl erklärt, man nehme bei ihnen den biblischen Grundsatz sehr ernst, wonach im Himmel mehr Freude herrsche über einen reuigen Sünder als über neunundneunzig Gerechte. Deshalb habe man dem Ordensbruder nach Auferlegung eines gebührenden Bussrituals verziehen. Nach Ablauf einer schicklichen Wartefrist wäre einem weiteren Aufstieg von Ferdinand von Muotathal innerhalb des Ordens nichts mehr im Weg gestanden.

Karl fand abschliessend, ein Motiv für einen Anschlag oder gar Mord könne er in dieser Geschichte nicht entdecken. Adelina und ich mussten zustimmen. Im Orden selbst war offenbar alles wieder in Butter, und dass sich ein Schrotthändler aus der Dritten Welt so für entgangene Geschäfte rächte, erschien ziemlich unwahrscheinlich.

Nein, eine wirklich brauchbare Spur ergab sich aus alledem nicht. Jetzt konnten wir nur hoffen, dass Adelina oder die Polizei die Zugangssperre zu den geretteten Daten des Opfers knacken konnten. Vor Donnerstag war in dieser Richtung allerdings nichts zu erwarten. Die Polizei litt unter ferienbedingtem Personalmangel, und Adelina musste auf Geschäftsreise. Sie liess sich von Karl in die Stadt mitnehmen, um diese vorzubereiten, versprach jedoch, am Abend nach Hundwil zu kommen, um wie geplant gemeinsam mit mir einen Augenschein vom Festspiel zu nehmen.

***

Wir trafen uns in St. Gallen vor dem Bahnhof an der Abfahrtstelle des Postautos nach Hundwil. Im gut besetzten Bus fanden wir einen freien Zweiersitz und stellten fest, dass die Fahrgäste um uns herum alle in angeregte Gespräche vertieft waren, von denen sich etliche um das Festspiel drehten. Niemand achtete auf uns. Wir konnten uns ungestört über die Strategie unterhalten, die wir an diesem Abend anwenden wollten, um an Informationen über Fredy von Muotathal und mögliche Motive zu kommen.

Viel Spielraum hatten wir dabei nicht. Adelina konnte wie geplant inkognito auftreten, ich dagegen nicht mehr, nachdem die gestrige Ausgabe des «SonntagsBlick» die Meldung veröffentlicht hatte, ich, Franz Eugster, habe die Leiche des Opfers gefunden, samt Bild von mir.

Für die erste und einzige Boulevardzeitung der Deutschschweiz war der Fall von Muotathal natürlich ein gefundenes Fressen, zumal er ins Sommerloch fiel, das man gerne mit gruseligen Geschichten stopfte. Der «Blick» hatte deswegen ein paar Reporter abgestellt, die allerdings bisher nichts Brauchbares herausgefunden hatten. So wurde stattdessen fleissig an der Heiligenlegende des Ferdinand von Muotathal gestrickt. Der Artikel im «Sonntags-Blick» lief auf die weinerliche Frage hinaus: «Wer kann jemandem so etwas antun?»

Mangels substanzieller Fakten beschäftigte sich der «Sonntags-Blick» ausführlich mit den Nebenschauplätzen des Falls. Ein grosses Bild von der Brandruine dominierte den Beitrag. Und dann war da noch die Geschichte von dem, der über die Leiche gestolpert war.

Karl hatte mir bei unserem mittäglichen Treffen hoch und heilig versichert, die Information stamme nicht aus Polizeikreisen. Aber es könne natürlich sein, dass einer der Feuerwehrleute mich erkannt und sein Wissen gegen ein gutes Taschengeld an die Boulevardzeitung weitergegeben hatte. Schliesslich seien mein Gesicht und mein Name seit dem Fall mit dem Leichenraub nicht mehr gänzlich unbekannt.

Womit er recht hatte. Als ich damals hoch oben unter dem Säntisgipfel die Gletscherleiche Appi gefunden und von ihr ein traumhaft schönes Foto gemacht hatte, das danach um die halbe Welt ging, gab es in den Medien auch etliche Bilder von mir selbst. Die Redaktion des «Blick» hatte sicher eines in ihrem Bildarchiv gefunden. Und dass in der Brandnacht jemand mitbekommen hatte, dass diese nicht ganz unbekannte Person schon wieder über eine Leiche gestolpert war, erschien durchaus wahrscheinlich.

Jedenfalls musste ich damit rechnen, im Kreis der Festspielleute, die vom tragischen Todesfall besonders betroffen sein mussten, erkannt zu werden. Das Beste würde sein, aus der Not eine Tugend zu machen und Gespräche auf der Basis geteilten Leids aufzubauen: Sie haben einen guten Kollegen verloren, ich hatte das Pech, dessen Leiche zu finden. Adelina dagegen konnte darauf hoffen, unter dem Schutz der Anonymität etwas Interessantes zu erfahren.

An diesem Abend war keine offizielle Aufführung des Festspiels vorgesehen. Wegen dieser dreiwöchigen Pause war zur Einstimmung auf die zweite Staffel eine zusätzliche Probe angesetzt worden. Weil es sich herumgesprochen hatte, dass sich ein Besuch des Festspiels mehr als lohne, waren die Karten für die zweite Staffel knapp geworden, weshalb man sich entschlossen hatte, an diesem Abend eine öffentliche Hauptprobe zu veranstalten.

Als Adelina und ich zusammen mit dem Grossteil der Fahrgäste des Postautos bei der Post Hundwil ausstiegen, wurde uns von einer freundlichen Helferin ein Flugblatt überreicht, durch das wir darüber informiert wurden, die heutige Vorstellung sei kostenlos. Alle könnten sich einen passenden Platz suchen. Man müsse dort nicht sitzen bleiben, es genüge, die auf jedem Stuhl liegenden kleinen Geschenke wegzuräumen. Ein leerer Stuhl sei dann das Signal, dass dieser Platz besetzt sei.

Das schien zu funktionieren, wie wir auf den zweiten Blick feststellten, nachdem wir die wenigen Schritte zum Landsgemeindeplatz, dem Ort der Aufführung, zurückgelegt hatten. Der erste Blick war vom überwältigenden Eindruck gefesselt, den der Platz als Ganzes hinterliess. Der ganze sanft ansteigende Platz mit der Spielfläche unten an der Strasse und den im Halbkreis angeordneten Zuschauerstühlen darüber war mit Kunstrasen in sattem Grün überzogen, sodass er als einheitliche Farbfläche wirkte. Adelina und ich waren uns einig, es handle sich hier um einen eindrücklichen Anblick.

Obwohl es bis zum Beginn der Aufführung noch mehr als eineinhalb Stunden dauerte, waren viele Stühle bereits besetzt, das heisst leer. Auf den restlichen lag jeweils die letzte Ausgabe der

Jubiläumszeitung, ein Appenzeller Biberli (Marzipangebäck) in Cellophan sowie ein schwarzes Stoffband mit Alpauffahrtsszenen in Braun-Gelb und dem Logo von Appenzeller Käse mit angehängtem kleinen Karabiner, das an ein Hundehalsband erinnerte und dessen Verwendungszweck sich uns nicht erschloss.

Wir vertagten die Lösung dieses Rätsels auf später, nahmen die Gastgeschenke von zwei Stühlen an uns und machten uns auf einen kleinen Rundgang. Die Restaurants rund um den Platz hatten Tische und Bänke ins Freie gestellt, die bereits gut besetzt waren. Das weckte auch bei uns gewisse Hungergefühle. Wir fanden einen etwas abseits gelegenen freien Tisch und holten uns an der improvisierten Theke zwei Siedwürste.

Im Appenzeller Idiom klingt das wie «Södwööscht». Es handelt sich dabei um eine einheimische Spezialität, die entfernt an eine Münchner Weisswurst erinnert, nur deutlich grösser. Nach der mühsamen Prozedur, die Haut zu entfernen, schmeckte sie uns köstlich, auch wenn wir uns in der Senffrage nicht einig waren. Adelina verzehrte grössere Mengen davon, ich verzichtete zur Gänze. Der zur Wurst gereichte Kartoffelsalat war nicht hundertprozentig gelungen, doch das Quöllfrisch-Bier, mit dem wir alles hinunterspülten, mundete dafür umso besser.

So gestärkt zogen wir jetzt getrennt los. Wir wollten uns eine Viertelstunde vor dem Beginn der Aufführung an unseren Plätzen treffen. Schon war Adelina in der flanierenden Menschenmenge verschwunden. Diese bestand nicht nur aus erwartungsfrohen Zuschauern, sondern auch aus Mitwirkenden, wie deren nicht ganz zur Zeit passende Bekleidung verriet.

Andere Kostüme warteten noch auf ihren Einsatz. Ein Teil davon war hinter der letzten Zuschauerreihe in Körben deponiert, auf denen gut sichtbar Namen von Mitwirkenden angeschrieben waren. Auf einem dieser Körbe stand mein Name, unverkennbar Franz Eugster. Nachdem ich mich von der ersten Verblüffung erholt hatte, blätterte ich in der Jubiläumszeitung, wo ich schon vorher eine Namensliste mit allen Mitwirkenden am Festspiel entdeckt hatte. Tatsächlich fand sich da ein «Eugster Franz, Hundwil (Trogner Kind, Zuger Kirsch)». Mein Namensvetter war also ein

Kind und verkörperte erst noch eine ehrenwerte Spirituose. Was mir das wohl sagen wollte?

Ich liess die Frage offen und beschloss, mir eine Spirituose zu gönnen, aber keinen Zuger Kirsch, sondern, passend zum Anlass, einen Appenzeller Alpenbitter. Der würde mir bei der Verdauung der nicht ganz garen Kartoffeln sicher helfen. Vor einer der Gaststätten waren mehrere runde Stehtische platziert, auf denen das Logo dieser eigenwillig schmeckenden braunen Flüssigkeit nicht zu übersehen war. Ich holte mir an der Bar einen Doppelten und gesellte mich zu einem Grüppchen eifrig diskutierender Schauspieler.

Ich hatte mehrfach Glück. Zum Ersten drehte sich das Gespräch bereits um das Thema, das ich suchte. Es ging um Fredy. Zum Zweiten wurde ich wie vorgesehen bald erkannt. Ich konnte die nur leicht ausgeschmückte Geschichte vom Leichenfund zum Besten geben und erwarb mir so das Recht, Fragen zu stellen. Und zum Dritten entpuppte sich einer der Anwesenden als Regieassistent.

Zunächst erfuhr ich nichts Neues. Alle rühmten Fredy als ebenso begabten wie beliebten Kollegen, dem auch nur ein Haar zu krümmen niemand den geringsten Grund hatte. Keine und keiner konnte sich einen Reim darauf machen, warum jemand ausgerechnet Fredy so etwas Schreckliches antun konnte. Sein Ableben wurde glaubhaft bedauert, es habe eine grosse Lücke ins Ensemble gerissen.

Erst als die Schauspieler für eine letzte Kostüminspektion wegmussten und ich mit dem Regieassistenten allein war, getraute ich mich, die Hypothese zur Sprache zu bringen, wonach das Motiv des Mordes in einem Konflikt zwischen Schauspielern zu suchen sei. Man habe doch schon gehört, dass die Ersatzbesetzung einen Schauspieler um die Ecke gebracht habe, um selbst die Hauptrolle spielen zu können.

Der Regieassistent lachte schallend. Man sei hier nicht an einem Profitheater. Auf meinen schüchternen Einwand hin, Amateure gingen oft vergifteter ans Werk als Profis, wie man bei vielen Sporttreibenden sehen könne, entgegnete er, das mit dem grösseren Ehrgeiz könne manchmal stimmen. Doch bei den Amateuren ginge es nur darum, besser zu sein als der andere. Erst wenn es, wie bei den Profis, auch um Ruhm und Geld gehe, könne das allenfalls brisant werden. Bei den Amateuren bringe sicher niemand jemanden um, nur um an dessen Rolle zu kommen.

Zudem, fuhr er fort, sei diese Vorstellung im konkreten Fall vollends absurd. Erstens sei die Rolle des Freiherrn, die Fredy gespielt hatte, wirklich nicht so bedeutend, als dass man sich damit schauspielerischen Ruhm holen könne. Zweitens sei Erwin Bucher, der Ersatzschauspieler für diese Rolle, alles andere als ein ehrgeiziger Schauspieler, er hätte vielmehr richtiggehend überredet werden müssen, dafür einzuspringen. Was verständlich sei, Erwin sei ein viel beschäftigter Mann, Experte für Sensortechnik in einer kleinen, aber feinen Appenzeller Bude. Und drittens sei Erwin, soviel er wisse, am Tag des Anschlags, also am 1. August, an einer grossen Fachtagung in Stockholm gewesen. Nein, diese Spur sollten wir mal rasch vergessen.

Mittlerweile war es Zeit geworden, Adelina zu treffen. Ich verabschiedete mich dankend vom Regieassistenten, der auch wegmusste, und machte mich auf den Weg zu unseren Plätzen. Adelina kam kurz danach und liess mich erst meine Geschichte erzählen. Als ich den Punkt mit dem Stockholmer Kongress erwähnte, schaltete Adelina, wie kaum anders zu erwarten, ihr iPad an und machte sich auf die Suche nach Informationen. Sie brauchte nicht lange, um fündig zu werden. Den Kongress hatte es tatsächlich gegeben, und Erwin Bucher war auf der Teilnehmerliste. Mehr noch: Er hatte ausgerechnet am Abend des 1. August ein Referat gehalten, von dem es sogar Filmausschnitte gab. Lupenreines Alibi sozusagen.

Dann war Adelina dran. Auch sie hatte Glück gehabt. Mit einem Appenzeller Cüpli in der Hand hatte sie sich auf einen Strohballensitz in einer Freiluftbar gesetzt und war bald mit zwei Frauen mittleren Alters ins Gespräch gekommen, die sich als Lina und Lena vorgestellt hatten und dicke Freundinnen zu sein schienen.

Lina war, wie sich schnell herausstellte, Darstellerin jener Dienstmagd, die vom Freiherrn gefreit wird, also die Rollenpartnerin des verblichenen Fredy. Ebenso wie Lena sprach auch sie nur in den höchsten Tönen von Fredy.

Auch Adelina wusste zu berichten, sie hätte die Trauer der beiden Frauen über dessen Ableben als echt empfunden. Im Falle von Lina vielleicht sogar als etwas zu echt für den blossen Verlust eines Schauspielerkollegen. Bevor ich fragen konnte, was sie damit meine, begann das Festspiel namens «Der Dreizehnte Ort». Appenzell war im Jahre 1513 als dreizehnter und letzter Kanton der alten Eidgenossenschaft beigetreten. Fast zum abergläubisch werden. Doch die Häufung der Zahl Dreizehn schien Appenzell nicht geschadet zu haben.

Ich schaute mich um. Die Tribüne war bis auf ein paar wenige Plätze voll besetzt. Ein eigentliches Bühnenbild gab es nicht. Brauchte es auch nicht. Denn da gab es einerseits diese künstliche, einheitlich begrünte Fläche aus Spielplatz und Tribüne, und andererseits die Umgebung dieses Platzes, dieses Ensemble aus Kirche und Häuserreihen. Erst durch diese Kombination aus Fläche und Rand wurde der Blick frei für eine unverkennbare Tatsache: Dieses Dorf war einst um einen Platz herumgebaut worden.

Hundwil ist heute, wie so manche andere Appenzeller Gemeinde, das, was man ein typisches Strassendorf nennt. Mitten hindurch führt eine gut ausgebaute, schnurgerade Strasse, die zum Überschreiten der Tempolimiten geradezu einlädt, und auf beiden Seiten der Strasse ordnen sich die Häuser an. Das war natürlich nicht immer so. Bevor es richtige Strassen gab, und das dauerte im Appenzellerland angesichts dessen schwieriger Topografie lange, waren diese Gemeinden eher Haufendörfer mit einem schön und klug gestalteten Zentrum. Wie der Landsgemeindeplatz in Hundwil. Was man erst jetzt wieder sah, weil die Strasse während der Aufführungen für jeden Verkehr gesperrt war.

Das Festspiel gliederte sich, wie dem Programm schon vorab zu entnehmen war, in neunzehn Szenen. Darin sollten, wie der Sprecher eingangs erklärte, Appenzeller Geschichten aus den letzten fünfhundert Jahren erzählt werden. Geschichten, die zusammen Geschichte ergeben. Dieses Konzept gefiel mir. Oft genug ging es in solchen Festspielen um Heldenverehrung, diesmal sollte die Optik der kleinen Leute gewählt werden.

Die Geschichten erzählten von Aus- und Einwanderung, vom schwierigen Beitritt zur Eidgenossenschaft, von der konfessionellen Spaltung, von der einst blühenden Textilindustrie und dem aufkommenden Tourismus, von Strassen- und Eisenbahnbau, von der französischen Besatzung und von den Zukunftswünschen der jungen Appenzellerinnen und Appenzeller. Von Anfang an war klar, dass es nicht nur ein Sprechtheater war, sondern gleichgewichtig auch um Bewegung, Choreografie und Musik ging. Ganze Völkerscharen rannten über die Spielfläche, und in den Fenstern eines Hauses am Rande des Platzes sassen plötzlich überall Stickerinnen, die aus dem Hausinnern beleuchtet wurden. Es wurde gejohlt und geschrien, gejodelt und geflüstert. Die ganze Zeit über spielte eine Band dazu Kompositionen des innovativen Volksmusikers Noldi Alder. Klänge, die in Besprechungen begeistert als jazzangehauchte Volksmusik bezeichnet worden waren. Kurzum, es wurde ordentlich was geboten.

Nachdem der letzte Applaus verklungen war, hatten wir noch eine halbe Stunde Zeit bis zur Abfahrt des Postautos nach St. Gallen und beschlossen, in einer der wieder gut besetzten Freiluftkneipen noch einen zu heben. Beide waren wir beeindruckt vom Festspiel, und beide waren wir uns einig, dass die kurze Szene, in der Fredy mitgespielt hatte, keinerlei Anlass für Mord und Totschlag gab. Wie die Dienstmagd aus Heiden vom ausländischen Freiherrn angebaggert und geheiratet wird, ehe er bald darauf stirbt und die Witwe mit brennendem Heimweh nach Heiden zurücklässt, war zwar hübsch anzuschauen, doch zu traurigen Tränen gerührt, wie das Programmheft vollmundig angekündigt hatte, wurde dadurch niemand. Dafür hatte die Szene zu wenig Bedeutung und zu wenig Tiefgang. Schauspielerischen Ruhm konnte man sich damit nicht holen.

Das bestätigte uns auch Lena. Sie war, diesmal ohne ihre Freundin Lina, die vermutlich beim Abschminken war, an unserem Tisch vorbeigeschlendert und hatte dabei Adelina entdeckt. Die beiden begrüssten sich mit Hallo, als ob sie uralte Bekannte wären, und sprachen sich ungeniert per Du an. Nun ja, man ist schnell beim Du im Appenzellerland. Jedenfalls fand Lena, die schon etwas angeschickert schien, ihre Freundin Lina würde ihre Rolle als Dienstmagd schon etwas überschätzen. Sprach da der Neid derjenigen, die nur eine Komparsenrolle bekommen hatte, wie ich von Adelina wusste? Oder waren die beiden am Ende gar nicht so dicke Freundinnen, wie ihre Namensähnlichkeit vermuten liess?

Lena nahm einen weiteren tiefen Schluck aus ihrem Rotweinglas und beugte sich verschwörerisch zu mir herüber, um mir mitzuteilen, sie habe mich sehr wohl erkannt, auch wenn ich ihr nur als Lebensgefährte von Adelina vorgestellt worden war. Sie wisse, dass ich etwas mit Fredys Fall zu tun habe. Und, fügte sie, jetzt auch an Adelina gewandt, hinzu, sie wisse da etwas.

Wir hatten nur noch ein paar Minuten Zeit bis zur Abfahrt des Postautos, doch die genügten ihr, uns unter dem Siegel der Verschwiegenheit zu erzählen, man munkle etwas von einer Affäre zwischen Fredy und Lina. Man kenne das ja, Liebespaare auf der Bühne würden das oft auch im richtigen Leben, und das sei vermutlich geschehen. Jedenfalls habe man die beiden nach den Proben ein paarmal zusammen wegfahren sehen. Dafür gebe es schon eine natürliche Erklärung, Lina wohne praktisch am Heimweg von Fredy, doch die Art, wie die beiden miteinander umgingen, habe bei mehreren Gewährspersonen aus dem Ensemble zum Eindruck geführt, da sei mehr als eine einfache Fahrgemeinschaft. Sie wolle ja niemanden verleumden, schon gar nicht ihre beste Freundin, zumal diese auch noch verheiratet sei, doch sie teile diesen Eindruck auch. Dann erschrak sie, als ob sie zu viel ausgeplaudert hätte, und verabschiedete sich eilends.

Adelina und ich schlenderten gemütlich zur Postautohaltestelle, an der schon ein ganzer Pulk von Festspielbesuchern wartete.

Unterwegs unterhielten wir uns über das eben Gehörte. Wenn es stimmte, was Lena erzählt hatte, hatten wir jetzt zwei mögliche Täter und deren Motive mehr. Zum einen einen gehörnten Ehemann, zum anderen eine Geliebte, die sich vielleicht zu viele Hoffnungen gemacht hatte und aus Rache für ein angekündigtes Verlassenwerden zugeschlagen hatte.

Zumindest gegenüber der zweiten Variante war Adelina skeptisch. Sie hatte ihre Fast-Namensvetterin Lina als eher einfaches Gemüt wahrgenommen, nicht ohne den Charme des Naiven, aber doch eher unfähig zu einer kaltblütig geplanten Tat wie dem Brandanschlag auf ihren Exgeliebten. Lina arbeitete, wie Adelina erfahren hatte, als Kellnerin. Ihr Mann war Lastwagenchauffeur und oft auf langen Auslandsreisen unterwegs. Die vernachlässigte Ehefrau, das klassische Seitensprungmotiv. So weit klang die Geschichte mit der Affäre plausibel. Daraus ein Mordmotiv abzuleiten, erschien uns jedoch ziemlich weit hergeholt.

Das Postauto fuhr voll besetzt nach St. Gallen. Adelina musste früh raus und machte sich deshalb sofort auf den Weg zu ihrer Altstadtwohnung. Mein Anschlussbus nach Wald fuhr erst in einer halben Stunde. Obwohl es auf Mitternacht zuging, konnte man in der lauen Sommernacht problemlos draussen sitzen. Ich machte es mir auf der Terrasse eines nahen Restaurants bequem, trank ein letztes Feierabendbier und konnte erst noch eine dazu rauchen. Die Eindrücke vom Festspiel waren noch vor meinem inneren Auge und Ohr. Insofern hatte sich der Abend gelohnt. Einer Aufklärung des Falls hatte er uns nicht wesentlich näher gebracht.

***

Als ich nach dem üblichen Fussmarsch oben auf meinem Hügel ankam, war es nach ein Uhr. Trotzdem fühlte ich mich alles andere als bettreif. Ich beschloss, die Gunst der Sommernacht zu nutzen und mir draussen vor meinem kleinen Haus noch ein Feuerchen zu machen.

Diese Anwandlung überkommt mich nicht allzu oft, doch

manchmal liebe ich es, ganz allein vor einem Feuer zu sitzen, am liebsten in der abendlichen Dämmerung und hereinbrechenden Nacht. Von Dämmerung konnte jetzt keine Rede sein, die Nacht war dunkel, aber sternklar. Ich hatte keine Mühe, das vorausschauend bereitgestellte Brennmaterial zu finden und sorgfältig zu einem Holzstoss aufzuschichten. Eine eigentliche Feuerstelle besass mein Garten nicht. Stattdessen machte ich das Feuer in einer quadratischen Feuerschale aus schwarzem Metall, auf deren senkrechte Wandränder man je nach Bedarf einen Grillrost oder eine Abdeckhaube aus einem feinen Metallgitter legen konnte.

Ich brauchte nur ein einziges Streichholz an das unter dem Holzstoss liegende Zeitungspapier zu halten, um das Feuer in Gang zu setzen. Während die Flammen zunächst das dürre Reisig und dann die etwas dickeren Prügel erfassten, dachte ich über das Alleinsein nach. Mich hat es immer wieder erstaunt, dass viele Menschen nicht allein sein können, geschweige denn wollen. Ich dagegen war schon immer gerne allein, und mit den Jahren ist dieses Bedürfnis noch gewachsen. Nicht, dass ich als wirklicher Einsiedler leben möchte, bewahre. Ich bin gerne unter Menschen, und Adelina vermisste ich schon wieder. Doch solche Momente wie jetzt vor dem Feuer, allein mit mir und der Welt, gehören zu den intensivsten Momenten meines Lebens.

Die Flammen loderten jetzt höher und erinnerten mich an die Feuersbrunst in der Nacht des 1. August. Was dort unbezähmbar gewütet hatte, war jetzt gezähmt und eingegrenzt in die vier Wände der Feuerschale. Was muss es für ein Triumph für die Menschheit gewesen sein, als es ihr gelang, das Feuer zu zähmen, um es fortan über Jahrtausende zum Kochen und Heizen zu nutzen.

Ein vielleicht genauso entscheidender Schritt in der Entwicklung der Zivilisation war es, als für diese Zwecke andere Energieträger gefunden wurden als das offene oder eingeschlossene Holzfeuer und man dieses fortan höchstens noch zum Spass brauchte, etwa beim nach wie vor höchst beliebten Grillieren. Was jetzt vor mir unter Geknacke und Gezische brannte, hatte auch diese letzte Erinnerung an die Nützlichkeit und Notwendigkeit von Feuer hinter sich gelassen und war zur nutz- und zwecklosen reinen Form des Feuers geworden, zu nichts anderem da als zu meinem Pläsier.

Ich dachte an die vielen offenen Feuer im Wald und auf der Heide, im Kamin und im Garten, vor denen ich im Laufe meines langen Lebens schon gesessen hatte, allein oder mit anderen, und stellte fest, dass sich daraus eine stimmige Geschichte dieses Lebens knüpfen liess. Die Feuer würden dann die Knoten im Erzählfaden bilden, an denen ich mich als Erzähler entlanghangeln konnte.

Dafür war ich denn doch zu müde. Stattdessen genoss ich die Dunkelheit, die auch hier oben nicht total schwarz war, wenn auch deutlich schwärzer als in einer Stadt, freute mich am Sternenhimmel und an der himmlischen Ruhe, die nur von einer fernen Kuhglocke unterbrochen wurde. Gefühlt stundenlang starrte ich einfach ins Feuer, beobachtete das Züngeln der Flammen, ihr Auflodern und wieder Zusammensinken, ihr allmähliches Verlöschen. Als nur noch gelegentliche blaue Flämmchen um die etwas zu dick geratenen Holzprügel züngelten und feurig-helle Flecken über die dunkler werdende Glut huschten, stülpte ich für alle Fälle die Abdeckhaube über den Feuerrest und ging schlafen.

Aussensicht

Dienstag, 6. August

Noch in der Nacht hatte ich ein kurzes Mail an Karl geschrieben, in dem ich ihn über die Gerüchte informierte, das Anschlagsopfer habe eine Affäre mit Lina Morgenthaler, der Schauspielerkollegin von Ferdinand von Muotathal, gehabt. Ob er dieser Spur nachgehen könne?

Kurz vor Mittag rief er an. Die Darstellerin der Dienstmagd, Lina Morgenthaler, hatte er gleich zu einer Zeugenbefragung eingeladen. Nach erstem Ableugnen räumte sie die Affäre ein. Sie liebe ihren Mann ja aufrichtig, aber er sei halt so oft weg und in seinem ganzen Wesen auch viel gröber als Fredy. Anfänglich habe sie es kaum glauben können, dass sich dieser feine Herr ausgerechnet für sie, die einfache Serviertochter, interessierte, doch als sie die Ernsthaftigkeit seiner Absichten zu erkennen glaubte, war sie seinen tadellosen Umgangsformen und seinem unwiderstehlichen Charme rasch erlegen.

Von Spannungen sei keine Rede gewesen, man habe im Gegenteil eine kleine, heimliche gemeinsame Reise geplant. Und nein, ihr Mann wisse sicher nichts von der Geschichte, man sei vorsichtig gewesen. Das könne doch wohl so bleiben, hatte sie flehend gefragt, jetzt, da ihr Liebhaber tot sei, wäre das doch eine unnötige Belastung der sich hoffentlich wieder verbessernden Beziehung zu ihrem Mann.

Karl hatte ihr beruhigend erklärt, das werde wohl nicht nötig sein. Sein Mitarbeiter hatte beim Versuch, Linas Mann zu einer Zeugenbefragung aufzubieten, von dessen Arbeitgeber erfahren, er halte sich derzeit im Ausland auf. Der Polizist gehörte zur helleren Sorte und fragte gleich nach, wo Linas Mann am 1. August gewesen war. Zum Tatzeitpunkt hatte er sich auf einer längeren Lastwagentour irgendwo auf dem Südbalkan aufgehalten. Selbst wenn er doch etwas gewusst und damit das Motiv Eifersucht gehabt hätte, käme er als Täter nicht in Frage, zu gut war sein Alibi.

Wieder eine Spur im Eimer. Karl und ich versicherten uns gegenseitig unseres Frusts darüber, ehe wir das Gespräch beendeten. Jetzt blieb endgültig nur noch die Hoffnung auf Adelinas Knackkünste. Doch die waren noch in weiter Ferne. Ich hatte deshalb nicht das Gefühl, Zeit zu verschwenden, als ich mich in Richtung Hirschen aufmachte, um dort Carola Reich zu treffen.

Unterwegs stiegen die Bilder vom Feuer der letzten Nacht wieder in mir hoch. Ich sah noch einmal die hoch auflodernden Flammen der ersten Brennphase, wenn dürres Kleinholz rasend schnell in Brand gerät, und spürte die daraus entstehende wütende Hitze. Ich sah, wie die Flammen der mittleren Phase von einem Ast zum nächsten tanzten, mal bei einem ein Weilchen blieben, um dann zum nächsten zu huschen, manchmal auch sich an mehreren Ästen zugleich vereinigten.

Der leiseste Windstoss konnte ein ganz anderes Flammenbild bewirken, und wenn ein Lufthauch über die bereits glühenden Holzreste strich, liess er die Glut in einem tanzenden Muster aufleuchten wie eine Lichtorgel. Gegen Ende meines Aufenthalts vor dem Feuer bestand dieses im Wesentlichen nur noch aus einem Haufen Glut, über den Flämmchen züngelten und dessen Farbmuster sich ständig veränderten. Darauf lagen die Reste der dickeren Äste, still vor sich hin glühend und allmählich zur einer Glut zergehend, aus der am nächsten Morgen Asche geworden sein würde.

Auch heute früh war es so gewesen, und wie meistens lagen noch zwei, drei Reststücke Holz auf der Asche, die es nicht geschafft hatten, ganz zu verglühen, und jetzt russgeschwärzt ruhten, leicht wie Zunder, aber unverkennbar noch Materie. Welche Stücke übrig bleiben würden, konnte ich nie präzise vorhersagen, wenn ich das Feuer verliess. Ein Hauch von unvorhersehbarem Chaos bleibt auch bei einem gezähmten Feuer. Selbst wenn ich gelegentlich etwas nachhelfe und mit einem Schürhaken einzelne, ins Abseits geratene Prügel in eine bessere Position näher beim restlichen Feuer schiebe, erreiche ich damit keineswegs immer die gewünschte Wirkung. Zumal sich auch ein noch so sorgsam geschichteter Holzhaufen unvorhersehbar verhält, wenn er erst mal richtig brennt. Die dann einstürzenden Kunstbauten fallen, wohin sie wollen.

Ein letztes Bild hatte sich mir eingeprägt. Ein gebogener Ast war so heruntergebrannt, dass er von der Seite an eine Echse erinnerte, an deren Schnauze am richtigen Ort eine Flamme züngelte, die aussah wie ein Auge. Die Oberfläche des Echsenleibs war wie beim Original geschuppt, nur dass hier die Schuppen nicht aus Horn bestanden, sondern das Ergebnis des Feuers waren, das eine vorher glatte Holzoberfläche zu regelmässig angeordneten, glühenden Rechtecken aufplatzen liess.

***

Carola Reich war schon im Hirschen eingetroffen, als ich dort ankam. Wir setzten uns auf die Terrasse, und ich erzählte ihr von diesem prägenden Bild eines Feuers, das mir vorgekommen war wie ein Theaterstück. Als ehemalige Theaterintendantin, notabene eine der ersten Frauen in diesem Amt in Deutschland, kannte sie sich mit diesem Thema aus. Bald waren wir in eine angeregte Diskussion über die Parallelen von Theater und Feuer versunken, etwa über die Gemeinsamkeit, dass beides in einem fest abgegrenzten Raum stattfindet.

Carola erwies sich als spannende Gesprächspartnerin. Ich kannte sie bisher eher flüchtig. Wir hatten uns vor Jahren mal an irgendeiner Veranstaltung kennengelernt, an der wir beide ein Referat hielten, und waren seitdem in losem Kontakt geblieben. Seit ihrer Pensionierung vor ein paar Jahren lebte sie im Elsass. Jetzt war sie unterwegs zum Treffen einer kulturpolitischen Gruppe, der sie auch nach ihrer aktiven Zeit noch angehörte. Das Treffen fand in Bregenz statt, und da sie das Appenzellerland nur flüchtig kannte, es aber in schöner Erinnerung hatte, hatte sie auch angesichts der guten Wetterprognosen spontan beschlossen, zwei Tage früher loszufahren und im Hirschen Station zu machen, von dem ich ihr mal erzählt hatte. Gestern Nachmittag hatte sie mich angerufen und gefragt, ob ich Zeit hätte, ihr die Gegend zu zeigen. Da ich nichts Besseres vorhatte, sagte ich zu und bereute das schon jetzt nicht.

Carola wollte das schöne Wetter nutzen und ein Stück wandern. Ich schlug vor, die nahe liegende Strecke unter die Füsse zu nehmen, das Strässchen nach St. Anton. Das war und ist einer meiner Lieblingswege, wenn ich Bewegung brauche und beim Gehen meinen Gedanken nachhängen will. Wenn ich einem Gast einen bleibenden Eindruck von der Gegend vermitteln will, in der ich so gerne lebe, schlage ich automatisch diesen Weg vor.

Der St. Anton, erklärte ich ihr, sei nicht nur ein lohnendes Ziel, auch der Weg selbst habe seine Reize mit den Blicken nach rechts in den Alpstein und nach links über den Bodensee. Zudem sei der Weg, verglichen mit üblichen Appenzeller Verhältnissen, recht bequem.

Einem früheren Gast gegenüber hatte ich diesen Weg sogar einmal als fast eben angekündigt. Nach der Wanderung beschwerte sich der Gast. Die Nettohöhendifferenz zwischen Hirschen und St. Anton beträgt zwar wirklich nur fünfzig Meter, doch weil es zwischendurch auch mal abwärtsgeht, muss man sich diesen kleinen Höhengewinn durch einige Anstiege erkaufen, von denen zwei kurzfristig ziemlich steil sind. Von eben könne also keine Rede sein, er jedenfalls habe offenbar andere Vorstellungen von einer ebenen Strecke als ich.

Diese Geschichte erzählte ich Carola, als wir den ersten kleinen Anstieg, direkt hinter dem Hirschen, bewältigt hatten. Und auch davon, wie ich diesen Weg, der jetzt vor uns lag, das erste Mal zusammen mit Adelina gegangen war, als sie damals bei mir auftauchte, um mir bei der Lösung meines ersten Falls äusserst hilfreich zur Seite zu stehen, wobei wir uns ineinander verliebten.

Adelina hatte mich damals gefragt, warum ich mit Gästen immer dieselbe Strecke ginge, das sei doch langweilig. Ich hatte das damit begründet, dass dieses Wegstück für mich eine Quintessenz des Appenzellerlandes bilde, einen Mikrokosmos, in dem auf engem Raum vieles von dem sichtbar wird, was das Appenzellerland für mich bedeutet, landschaftlich, geschichtlich, wirtschaftlich und kulturell. Überall auf diesem Weg gibt es, ganz in der Nähe oder beim Blick in die Ferne, Hinweise darauf, was die Identität der Appenzellerinnen und Appenzeller ausmacht.

Deshalb, hatte ich Adelina damals erklärt, würde ich auch immer wieder dieselben Themen ansprechen, wenn ich meinen mitwandernden Gästen schildere, was mich an diesem Landstrich fasziniert und was für mich in dieser Mischung seinen einzigartigen Reiz ausmacht.

Vor uns lag ein längeres mehr oder weniger ebenes Wegstück. Carola schaute sich um und stellte fest, ebene Flächen seien in dieser Appenzeller Hügellandschaft wirklich Mangelware. Und genau das gefiele ihr daran so gut, diese organische Natürlichkeit der rollenden Hügel. Deswegen sei sie auch nach ihrer Berufstätigkeit ins Elsass gezogen und hätte sich damit einen lange gehegten Wunsch erfüllt.

Ich hatte eine Gleichgesinnte gefunden, mit der es sich treffend über die Unterschiede zwischen Stadt und Land plaudern liess. Beide waren wir offenbar mehrheitlich Landmäuse und nicht Stadtmäuse. Beide wussten wir einen gelegentlichen Stadtaufenthalt durchaus zu schätzen, doch zu den Stadtmäusen, die sich nur in der Stadt wohlfühlen, gehörten wir nicht.

Bei der Suche nach Gründen für diese Bevorzugung des Landlebens stiessen wir auf eine interessante Doppeldeutigkeit: Einerseits bietet die Stadt eine solche Menge an Reizen, dass es für sensiblere Reizverarbeiter bald einmal zu viel wird. Andererseits findet das Auge in einer Stadt in einer bestimmten Hinsicht nur ein eintöniges Angebot: In einer Stadtlandschaft dominieren die geraden Linien von Gebäuden und Strassen. Organische Formen finden sich höchstens als Einsprengsel in einem Park.

In einer Naturlandschaft dagegen bilden gerade Linien die Ausnahme. Im Appenzellerland tauchen sie in Form von Gebäuden zwar sowohl in den Dorfkernen als auch weit herum verstreut in der Landschaft auf, doch sie sind immer nur Kontrapunkte zur dominierenden Linienführung der Hügel. Das wiederum, trug ich meine These vor, habe Auswirkungen auf das Denken der in einer solchen Landschaft lebenden Menschen. In der Stadt verleitet die Dominanz der geraden Linie zum Denken in geraden Kanälen, zur Konstruktion widerspruchsfreier Denkgebäude. Auf dem Land dagegen wird das Denken – meines jedenfalls – zum natürlichen Fliessen angeregt, das nicht ohne Umwege und Schlaufen auskommt und gerade deswegen realitätsnäher ist.

Carola stimmte zu und ergänzte, nach ihrer Erfahrung liesse sich das Leben nun mal nicht in widerspruchsfreie abstrakte Theorien pressen, wie sie gerne in Städten ausgedacht werden. Das Leben auf dem Lande erinnere sie viel stärker an elementare Gegensätze wie Leben und Tod, Schönheit und Hässlichkeit, Natur und Kultur. Und an die Notwendigkeit, zwischen all diesen widersprüchlichen Polen unseren eigenen Lebensweg zu finden.

Gerne nahm ich den Faden mit der Natur und der Kultur auf. Es handle sich beim Appenzellerland ja keineswegs um Natur pur. Vielmehr um eine klassische Kulturlandschaft, die wesentlich vom Menschen geformt wurde, wenn auch noch nicht sehr lange. Bis zum Spätmittelalter hatte die Natur in Form dichter Wälder vorgeherrscht. Die ersten Siedler mussten diesem Wald durch mühsame Rodung die Flächen für ihre Weiden und kleinen Äcker erst einmal abringen.

Dabei war sicher auch der Herrscher der bisherigen Urwälder, der Bär, ein ernsthafter Gegner beim Ringen um Raum und Nahrung. Um diese Gefahr in einem magischen Akt zu bannen, erhoben die Appenzeller den Bären in einer sehr virilen Form zu ihrem Wappentier und rodeten weiterhin ihre Wälder, ausser dort, wo die Hänge zu steil waren, für den Holzschlag wie für die Nutzung als Weide.

Recht früh entdeckten die Appenzeller Bauern das ökonomische Prinzip der Arbeitsteilung. Sie überliessen den Ackerbau, für den ihre Höhenlagen mit ihrem nassen und kühlen Klima wirklich nicht geeignet waren, ganz den Bauern im Tal unten und konzentrierten sich auf die Nutzung ihrer Flächen als Graswiesen. So entstand der für das Auge so angenehme Flickenteppich aus Wald und Wiesen, in dem es eigentlich nur eine Farbe gibt – grün – die dafür in unterschiedlichsten Tönen und Schattierungen.

Zur Linken wurde zum ersten Mal ein Stück Bodensee sichtbar, rechts gleissten im Alpsteinmassiv Schneefelder in der Mittagssonne. Carola meinte, das sei schon einmalig. Schöne Hügellandschaften gebe es viele. Hier aber kämen die beiden Begrenzungen dazu, auf der einen Seite der Alpstein, der mit seinen schroffen Felshängen die Senkrechte verkörpert, auf der anderen Seite der Bodensee als Verkörperung der flachen Ebene. Und mittendrin die Hügel des Appenzellerlandes, eine Übergangslandschaft, in der man immer daran erinnert wird, dass es sich zwischen den extremen Polen am besten leben lässt.

So hatte ich das noch nicht gesehen, doch ich konnte ihr nur zustimmen. In den Appenzeller Hügeln gibt es ausser den steilen Bachtobeln, die ich in früheren Jahren oft und gern durchstreift habe, nichts Schroffes, und andererseits droht dem umherschweifenden Auge nie dieselbe Langeweile wie in einer topfebenen Landschaft. Eine ideale Verbindung von Gegensätzen. Fand ich. Und fand auch Carola. Wir näherten uns mittlerweile der «Tanne» mit ihrem markanten Panamahof, der so gar nicht zum üblichen Baustil von Appenzeller Bauernhöfen passt. Das gab mir Gelegenheit, etwas zum Thema Aus- und Einwanderung zum Besten zu geben. Erbaut worden war dieser Hof von einem Appenzeller Ingenieur, der ausgewandert war und beim Bau des Panamakanals mitgewirkt hatte, ehe er in seine alte Heimat zurückkehrte.

Solche Geschichten waren nicht ungewöhnlich. In einem von der Natur nicht mit Reichtümern gesegneten Landstrich wie dem Appenzellerland wurden immer wieder viele zur Auswanderung gezwungen. Umgekehrt gab es auch immer Einwanderer. Man munkelt, im Erbgut vieler Appenzellerinnen und Appenzeller befände sich etliches Zigeunerblut. Verbürgter ist die Geschichte jenes Berliner Augenarztes, der sich in Heiden niederliess und dort einen blühenden Tourismus in Gang brachte.

So abgeschottet, wie es manchmal scheinen mag, war das Appenzellerland also nie. Es gab und gibt immer eine Auffrischung mit neuen und zunächst fremden Genen und Gedanken. Auch ein Zugewanderter wie ich kann deshalb hier ein Biotop zum Leben finden, in dem er sich wohl und heimisch fühlt.

Nachdem wir den Panamahof passiert hatten, gönnten wir uns eine kurze Rast auf einer Sitzbank. Unter uns lag der Bodensee, der so sehr zum Appenzellerland gehört, obwohl dieses nirgendwo daran grenzt. Es reiche zwar, erklärte ich Carola, in Richtung Bodensee wie in Richtung Rheintal recht weit die Hügel hinunter, erreiche aber nirgendwo den Talboden und sei damit das einzige mir bekannte Gebiet, das sich vorwiegend vertikal definiert: Was über einer bestimmten Höhenlinie liegt, gehört dazu, das darunter nicht.

Das mit den Grenzen, sprach ich weiter, hätte für mich ohnehin seine Reize. Dass das Appenzellerland so nahe bei Österreich, Deutschland und auch Liechtenstein liege, sei für mich ein grosser Pluspunkt. Man wird hier immer daran erinnert, dass es nach wie vor Grenzen gibt, und sieht aus der Höhenlage gleichzeitig, dass sich diese Grenzen durch eine Landschaft ziehen, die für das Auge zusammengehört.

Nach zehn Minuten Fussmarsch stiessen wir auf eine weitere Grenze. An einer Weggabelung stand ein Grenzstein, der laut Inschrift aus dem Jahr 2005 stammte. Vielleicht, weil er an einer viel begangenen Wanderroute liegt, hatte man damals den verwitterten alten Grenzstein nicht einfach wieder durch einen roh behauenen Felsklotz ersetzt, wie es früher üblich war, sondern sich etwas künstlerisch Wertvolleres einfallen lassen. Zwei Halbzylinder aus fein geschliffenem Beton stehen sich mit ihren flachen Seiten gegenüber, getrennt durch einen schmalen, aber deutlich sichtbaren Spalt. Die beiden Hälften bilden also einen nicht ganz perfekten Zylinder, von oben betrachtet einen Kreis mit einer trennenden Spalte. Laut Inschrift stehen die beiden Zylinder- oder Kreishälften für Appenzell Innerrhoden und Appenzell Ausserrhoden.

Das gab mir Gelegenheit, die für Aussenstehende immer etwas schwierig nachzuvollziehende Geschichte mit den beiden Halbkantonen zu erzählen. Rund achtzig Jahre nachdem das damals noch vereinigte Appenzell als dreizehntes Mitglied der alten Eidgenossenschaft aufgenommen worden war, hatten die konfessionellen Konflikte nach der Reformation auch Appenzell erreicht. Grössere Teile hatten sich zum neuen Glauben bekannt, das Kernland rund um den Ort Appenzell wollte katholisch bleiben.

Damit sei Appenzell nicht allein gewesen, wandte Carola ein, auch anderswo hätte es Konflikte zwischen Reformierten und Katholiken gegeben. Das sei richtig, entgegnete ich, eher einmalig aber sei gewesen, wie die Appenzeller diesen Konflikt gelöst haben. Sie hätten die Lösung nicht in einer blutigen Auseinandersetzung gesucht, sondern beschlossen, sich friedlich zu trennen. Seither, genauer seit 1597, gibt es die beiden Halbkantone.

Ob das wirklich halbe Kantone seien, wollte Carola wissen. Die Bezeichnung sei etwas irreführend, antwortete ich. In Wirklichkeit handle es sich um zwei vollwertige Kantone mit allem, was dazugehört, Parlament, Regierung, Verwaltung und so. Nur wenn es um die Vertretung dieser beiden Kantone in Bern, also bei der Schweizerischen Eidgenossenschaft geht, zählt ihre Stimme nur halb, etwa bei Verfassungsänderungen, die immer auch eine Mehrheit der Kantone brauchen, vor allem aber im Ständerat, der zweiten Kammer des eidgenössischen Parlaments. Wie beim Senat in der amerikanischen Verfassung, die der schweizerischen als Vorbild diente, hat jeder Kanton dort zwei Sitze, die Halbkantone dagegen nur einen.

Dann hätten sich bei der damaligen Teilung wirklich zwei vollwertige neue Staatsgebilde ergeben, folgerte Carola. Wie denn diese Teilung konkret gelaufen sei? Ich berichtete vom Prinzip, wonach jede Gemeinde autonom beschlossen hätte, zu welchem der beiden neuen Kantone sie gehören wolle. Dabei hätte sich das Kernland rund um Appenzell für das katholische Innerrhoden entschieden, der grösste Teil der Gebiete weiter weg von Appenzell dagegen für das reformierte Ausserrhoden.

Doch ganz so einfach sei die Sache nicht abgelaufen. Die Gemeinde Oberegg, wiewohl weit weg von Appenzell und mitten in reformiertem Gebiet, entschied sich nämlich für Innerrhoden. Weshalb wir jetzt, geografisch gesehen eindeutig in Ausserrhoden, auf eine Grenze zwischen den beiden Kantonen stossen. Ob sie gemerkt habe, fügte ich hinzu, dass der auf dem Grenzstein eingezeichnete Verlauf dieser Grenze keineswegs gerade sei, sondern einen spitzen Winkel bilde? Das sei das Ergebnis einer weiteren, fast schon genial zu nennenden Skurrilität der damaligen Kantonsbildung: An den Grenzen zwischen dem katholisch gebliebenen Oberegg und dem umgebenden reformierten Ausserrhoden erlaubte man es auch jedem Hofbesitzer, frei seinen Glauben zu wählen und sich damit für die eine oder die andere Seite der Grenze zu entscheiden. Was dazu führte, dass dieser Grenzverlauf ziemlich chaotisch wurde.

Der Grenzstein erzählte diese Geschichten, doch seine Botschaft war damit noch nicht vollständig. In seinem oberen Teil war ein kreisrundes Band aus silberglänzendem Metall um die beiden Zylinderhälften herum geschmiedet worden, und dieses Band verband die Hälften optisch so sehr, dass einem flüchtigen Betrachter der Spalt zwischen den Halbzylindern nicht mal aufgefallen wäre.

Ob da der Bildhauer eine versteckte Aufforderung zur Wiedervereinigung der beiden Halbkantone eingearbeitet habe, wollte Carola wissen. Das sei ein heikles Kapitel, entgegnete ich. Erst vor einigen Wochen sei ein früherer, hoch angesehener Ständerat aus Ausserrhoden verstorben. Der habe es mal gewagt, das Thema aufs Tapet zu bringen, doch selbst er sei damit auf eisige Ignoranz gestossen. Man arbeite zwar in den letzten Jahren enger zusammen als auch schon, und nicht zuletzt bei den Jubiläumsfeierlichkeiten, doch eine wirkliche Wiedervereinigung sei nirgendwo ein Thema. Nun ja, nicht wirklich nirgendwo, doch das sollte sich erst viel später herausstellen.

Carola fand das nicht ganz verständlich. Eine auf konfessionellen Gegensätzen beruhende Spaltung sei doch längst nicht mehr zeitgemäss. Das war ganz meine Meinung, zumal Ausserrhoden längst kein einheitlich reformierter Kanton mehr ist. Napoleon hatte das ähnlich gesehen und nach der französischen Eroberung der Alten Eidgenossenschaft in der kurzlebigen Helvetischen Republik die beiden Appenzell zusammen mit umliegenden Gebieten kurzerhand zum Kanton Säntis zusammengefasst. 1801 wurde dieses künstliche Gebilde sogar in Kanton Appenzell umbenannt, ehe es schon zwei Jahre später im Zuge der Restauration wieder verschwand. Seitdem lief alles in den gewohnten Bahnen und Grenzen weiter, niemand mehr wollte ernsthaft eine Wiedervereinigung. So blieb es bis heute, und daran könne man wohl nichts ändern, schloss ich dieses Thema ab.

Vielleicht war es diese klar vorgegebene politische Routenwahl, die mich dazu bewog, unsere eigene Route abzuändern. Ich kenne das bei mir. Manchmal packt mich auf einer meiner geplanten Wanderungen das unwiderstehliche Bedürfnis, an irgendeinem Punkt überraschend eine nicht vorgesehene Abzweigung zu wählen. So war es auch jetzt. Ich schlug Carola vor, statt geradeaus zum St. Anton den Weg zu gehen, der links Richtung Heiden führt. Sie war einverstanden.

Offenbar hatte mich das vorhin besprochene Thema noch nicht ganz losgelassen, denn in meinem Kopf begann sich jetzt ohrwurmartig die Melodie des Appenzeller Landsgemeindelieds auszubreiten. Ich summte sie leise vor mich hin, doch laut genug, dass Carola mich hören konnte. Sie fragte, was das sei, und ich erzählte ihr gerne die Geschichte von der Herkunft des Landsgemeindelieds.

Zur urdemokratischen Landsgemeinde strömten einmal im Jahr die stimmberechtigten Frauen und Männer (na ja, bis 1989 nur die Männer) abwechselnd nach Trogen oder Hundwil, um im offenen Ring per Handerheben über Gesetze und Sachvorlagen zu entscheiden. Nach meinem Zuzug ins Appenzellische hatte ich selbst noch ein paarmal daran teilgenommen, darunter auch an der letzten 1997 in Hundwil. Als kritischer Rationalist hatte ich einige berechtigte demokratietheoretische Vorbehalte gegenüber der Einrichtung der Landsgemeinde mitgebracht. Diese wurden schon bei meiner ersten Teilnahme von einem unwiderstehlichen Gefühl hinweggeschwemmt, dem Gefühl, einer grösseren Gemeinschaft anzugehören, die sich zu Beginn gegenseitig schwört, bei allen Entscheiden das Wohl des Ganzen im Auge zu behalten. Bei der historischen Abstimmung über die

Abschaffung der Landsgemeinde hatte ich für ihre Beibehaltung gestimmt, womit ich allerdings zur Minderheit gehörte. Bis heute beneide ich Innerrhoden dafür, dass es die Landsgemeinde noch hat.

Mit zum wohligen Schauder bei der Veranstaltung trug das eingangs gemeinsam gesungene Landsgemeindelied bei. Dieses wurde nie offiziell dazu erklärt, jedoch zwischen 1877 und 1997 immer zur Eröffnung gemeinsam gesungen. So viel wusste ich schon lange. Kürzlich erst erfahren hatte ich dagegen in einem zum Jubiläumsjahr herausgegebenen dicken Buch mit Appenzeller Geschichten in Wort und Bild namens «Zeitzeugnisse», dass für das Landsgemeindelied ein einheimischer Komponist nicht etwa einen Appenzeller Text vertont hatte. Vielmehr stammt der Text dieser «Ode an Gott» («Alles Leben strömt aus Dir, und durchwallt in tausend Bächen alle Welten. Deiner Hände Werk sind wir …») von einer bekannten norddeutschen Mädchenerzieherin. Was, wie der lesenswerte Band zu berichten weiss, nirgendwo vermerkt wurde. Im nicht besonders feministischen Appenzellerland des frühen 19. Jahrhunderts hielt es niemand für nötig, den Namen der Textdichterin zu erwähnen.

Eine frühe Verfechterin der weiblichen Emanzipation hat also den Text für ein stark identitätsstiftendes Lied einer lange überlebenden Männerbastion geliefert. Carola fand das eine hübsche Ironie der Geschichte. Ebenso wie den Umstand, dass die Ausserrhödler, nachdem sie endlich murrend das Frauenwahlrecht eingeführt hatten, kurz darauf zwei Frauen in die fünfköpfige Regierung wählten, lange bevor andere Kantone mit viel früherem Frauenstimmrecht so weit waren. Im Appenzellerland, kommentierte sie, brauche man offenbar lange, bis man etwas kapiert habe, doch wenn es mal so weit sei, würde man es ungewöhnlich schnell umsetzen.

Unterdessen hatten wir die Wirtschaft Rütegg erreicht. Im Schweizerdeutschen, erklärte ich Carola, steht Wirtschaft für alle Arten von Restaurationsbetrieben. Die Wirtschaft Rütegg gehörte zu jener Unzahl von Landgasthäusern, die dem Appenzellerland in längst zurückliegenden Tagen zur höchsten Gasthausdichte im Schweizerland verholfen hatten. Dann war auch die Rütegg dem sich ausbreitenden Wirtschaftssterben zum Opfer gefallen und hatte lange leer gestanden.

Im Jahr 2006 wurde die Rütegg als Wander- und Literaturbeizli neu eröffnet. Der Verleger und Autor Werner Bucher zog mit seinem orte-Verlag aus einem anderen Appenzeller Dorf hierher, seine Frau Irene Bosshart übernahm den gastronomischen Teil.

Diese Vereinigung von Wirtschaft und Kultur gefiel Carola ausnehmend. Leider hatte die Rütegg an diesem Tag geschlossen, weshalb ich ihr nicht zeigen konnte, wie die Räume von Gasthof und Verlag nahtlos ineinander übergingen. Stattdessen erzählte ich ihr, der orte-Verlag sei eine weitherum anerkannte Adresse für Lyrik, würde aber zwecks Mischkalkulation auch Krimis verlegen, darunter auch ein paar Appenzeller-Krimis, die vom Verleger eigenhändig geschrieben, aber unter dem Pseudonym Jon Durschei publiziert worden waren.

Von da an ging's bergab. Weit unter uns glänzte der Bodensee, am Hang darüber breitete sich das Dorf Heiden aus. Wir erreichten es nach halbstündigem Abwärtsmarsch durch Wiesen und Waldstücke. Carola staunte über das einheitliche Erscheinungsbild des Dorfkerns im Biedermeierstil. Dafür gab es eine einfache, wenngleich etwas gruselige Erklärung:

An einem Septembertag im Jahr 1838 wurden in Heiden innerhalb weniger Stunden während eines Föhnsturmes hundertneunundzwanzig Häuser und Ställe durch einen verheerenden Brand, ausgebrochen in einer Schmiede am Kohlplatz, in Schutt und Asche gelegt. Daraufhin wurde Heiden in kurzer Zeit zu einem Reissbrettdorf in klassizistischem Stil wiederaufgebaut.

Das, meinte Carola, sei doch sicher der Startschuss für eine touristische Karriere von Heiden gewesen. Auf einer Informationstafel zur Dorfgeschichte fanden wir die Bestätigung: Kurorts-Ära von internationaler Bedeutung. Molkenkuren, Augenheilkunde (Prof. Albrecht von Graefe), Mobilisationstherapie (Prof. Heinrich Frenkel), ein spektakulärer Kursaal mit Zehnmann-Orchester, eine Normalspur-Zahnradbahn mit Berliner Direktwagen, eine Hotellerie mit Prominenz aus aller Welt.

Mit dieser Herrlichkeit war es längst vorbei. Der Tourismus war nicht gänzlich ausgestorben, köchelte aber auf Sparflamme. Wohl gab es Ereignisse, die Gäste nach Heiden lockten, wie etwa die grossen Biedermeierfeste oder die Gedenkfeiern für den Rotkreuzgründer Henry Dunant, der in Heiden Zuflucht gefunden hatte und dort gestorben war, doch ein alles andere als überragendes Angebot an Cafés und Einkaufsläden machte Heiden nicht zu einem Tourismusmagneten. Was augenscheinlich werde, fügte ich hinzu, wenn man es mit den Scharen vergleiche, die durch das Dorf Appenzell strömen.

Überhaupt, gab ich zu bedenken, sei die Wirtschaftsgeschichte des Appenzellerlandes ein einziges Auf und Ab. Ein Beispiel sei die Bevölkerungsentwicklung in Rehetobel, dem Nachbardorf von Heiden und Wald. Ich hatte dazu eine Grafik im Kopf, keine exakten Zahlen, aber ein klares Bild einer Kurve, die mit ihren steilen Aufschwüngen und jähen Abstürzen weniger an die Appenzeller Hügellandschaft erinnerte als vielmehr an die schroffen Berge des Alpsteins. Abhängig von der Entwicklung der Textilindustrie, vor allem der Stickerei, hatte sich die Bevölkerung von Rehetobel mal explosionsartig vermehrt und mal ebenso schnell wieder reduziert. Natürlich, schloss ich, während wir das Postauto nach Wald bestiegen, sei das Appenzellerland mit solchen Erfahrungen nicht allein, doch sie seien ein wesentliches Element der Geschichte und Identität dieser Gegend.

***

Zum Abendessen lud mich Carola, der es materiell gut zu gehen schien, ins Restaurant Gupf oberhalb von Rehetobel ein, von dem sie schon Lobendes gehört hatte. Ich nahm die Einladung dankbar an. Nicht nur war ich, mangels Mitteln, lange nicht mehr dort gewesen. Ich schloss aus dieser Einladung auch, dass meine Erzählungen bei Carola auf ein offenes Ohr gestossen waren und sie nicht vollends überschwemmt hatten. Sie bestätigte das auf Nachfrage und meinte, sie habe gespürt, dass ich authentisch sei, wenn ich loslege, um die schönen und auch etwas weniger schönen Seiten meiner Wahlheimat zu schildern. Solche Verbundenheit wisse sie zu schätzen.

Um nicht schon verschwitzt beim Gupf oben anzukommen, nahmen wir für den kurzen Weg vom Hirschen zum Gupf Carolas Auto. Die Lage dieses Spitzenrestaurants liess sie schwärmen. Was wir schon auf unserer Wanderung erlebt hatten, die Lage zwischen Alpstein und Bodensee, ist hier auf die Spitze getrieben. Auch die gepflegte Rustikalität der verschiedenen Speiseräume gefiel ihr. Als die einzelnen Gänge des Menüs aufgetragen wurden, kam sie, die viel gereiste Geniesserin, aus dem Loben nicht mehr heraus. Ich verstehe zwar weniger von Spitzengastronomie, doch dass erlesenste Geschmäcker in fein austarierten Kombinationen geboten wurden, und zwar auf höchstem kulinarischem und gastgeberischem Niveau, war auch mir klar.

Zwischen zwei Gängen besuchten wir den berühmten Weinkeller des Gupf. Die Weinkarte ist ein dickes Buch von biblischen Ausmassen und enthält Tausende von Flaschen, die im Keller besichtigt und ausgewählt werden können. Ob es wirklich sinnvoll sei, ein solches Trara um Wein zu machen und für eine Flasche ein kleines Vermögen auszugeben, war uns nicht ganz klar, für uns brauchte es das nicht, doch das Ganze war eine gute Show und rundete das gastronomische Erlebnis angemessen ab.

Auf dem Rückweg vom Weinkeller zum Tisch nahm Carola vom Stapel mit den Prospekten eine kleinformatige Broschüre mit, in der alle Museen im Appenzellerland vorgestellt werden. Sie staunte nicht schlecht darüber, dass es nicht weniger als siebzehn Museen in einer Gegend gibt, die, rechnet man beide Halbkantone zusammen, gerade mal siebzigtausend Einwohner hat. Darunter solche für Volkskunde und solche für moderne Kunst, eines für Henry Dunant, eines für alte Velos und eines für Puppen. Ich stimmte ihr zu. Die Vielfalt sei beachtlich. Dazu komme, dass es in unmittelbarer Nachbarschaft des Appenzellerlandes viel Sehenswertes gebe. Die Stadt St. Gallen etwa mit ihrer Altstadt, dem Klosterbezirk und der Stiftsbibliothek. Oder in Rorschach die neu eröffnete Sammlung Würth, ein bemerkenswertes Konzentrat neuerer Kunst in einem ebenso bemerkenswerten neuen Gebäude direkt am Bodensee.

Carola sagte, für beides habe sie am nächsten Tag genug Zeit. Das Festspiel, von dem ich ihr als Theaterfrau einiges erzählt hatte, werde sie mangels Aufführungsdaten leider verpassen. Ich tröstete sie, als Deutsche hätte sie vom im appenzellischen Idiom vorgetragenen Text ohnehin nicht viel verstanden. Ich schlug ihr aber vor, auf dem Weg in die Stadt in Hundwil vorbeizufahren und sich den grünen Platz anzuschauen. Als Gegenstück solle sie danach in St. Gallen über den von Pipilotti Rist gestalteten roten Platz bummeln, das sei ein hübscher Kontrast.

Beim Kaffee, zu dem ich mir einen Appenzeller Whisky genehmigte, zogen wir eine Bilanz ihrer und meiner Eindrücke vom Appenzellerland. Es lief darauf hinaus, dass es hier, wie überall auf der Welt, in unseren heutigen Zeiten von Widersprüchen und Gegensätzen nur so wimmelt. Wer das Appenzellerland versteht, versteht die Welt, wenngleich beides bisher noch niemandem gelungen ist. Trotzdem: Das Appenzellerland als Weltbühne – der Gedanke gefiel mir.

Und zwar eine überschaubare Weltbühne. Das, und Carola widersprach mir nicht, ist für mich einer der grossen Vorteile eines so kleinen Ausschnitts der ganzen Welt: dass man ihn überblicken kann. Ich erzählte, einige Wochen zuvor habe zu Ehren der aus dem Dorf Wald stammenden frisch gewählten Kantonsratspräsidentin ein Empfang stattgefunden, zu dem auch die Dorfbevölkerung eingeladen war. Ich hatte mich unter die Gäste gemischt und festgestellt, dass neben vielen Kantonsrätinnen und Kantonsräten auch der gesamte siebenköpfige Regierungsrat anwesend war. Mit sicher fünfen davon habe ich in dieser einen Stunde mehr oder weniger ausgiebig geplaudert. Wo sonst, wenn nicht in einer solchen kleinräumigen Gegend, hat man als gewöhnlicher Bürger schon die Möglichkeit, in so kurzer Zeit so viele Kontakte zu massgebenden Leuten zu knüpfen?

Mir fiel noch ein kürzlich gelesenes Zitat eines ausgewanderten

Appenzeller Musikers ein. Er verbinde, hatte es da sinngemäss geheissen, mit dem Appenzellerland ein Gefühl der Geborgenheit. Es sei so klein und überschaubar, und trotzdem frage man sich, was nach dem nächsten Hügel komme. Dem hatte ich nichts hinzuzufügen.

***

Am nächsten Morgen trafen wir uns zum abschliessenden Frühstück auf der Hirschenterrasse. Carola war voll des Lobes über den vergangenen Tag und über das Appenzellerland. Um ihre Begeisterung nicht abheben zu lassen, zeigte ich ihr einen Zeitungsartikel, den ich in meinem Archiv für Appenzeller Materialien ausgegraben hatte. Es handelte sich um einen Artikel aus der «Basler Zeitung», den deren Chefredaktor geschrieben und die «Appenzeller Zeitung» nachgedruckt hatte.

Carola las den Artikel mit Interesse. Sie fand darin meine gestrigen Ausführungen über das goldene Zeitalter von Ausserrhoden in der zweiten Hälfte des 18. Jahrhunderts bestätigt und empfand die Ausführungen am Schluss des Artikels über die seitherige Entwicklung deshalb als besonders spannend:

«Zur selben Zeit, Ende des 18. Jahrhunderts, lag bloss einige Kilometer neben Ausserrhoden das wohl konservativste Gemeinwesen des Planeten – selbst der Vatikan nahm sich dagegen wie eine fortschrittstrunkene Party der Utopie aus. Unter Anwendung derselben Art von Eigenwillen und Sturheit zog es Innerrhoden nämlich vor, anders zu sein, indem es alles so liess, wie es bereits einige Jahrhunderte zuvor sich bewährt hatte. Katholisch, schwarz, schwarz und katholisch: In Appenzell blieb die Zeit stehen, um nie zu vergehen.

Paradoxerweise haben die beiden Halbkantone in der jüngeren Vergangenheit ihre Rollen getauscht. Während Ausserrhoden zusehends im Agglomerationsbrei von St. Gallen versinkt, wo der eigene Dialekt nur mehr an Beerdigungen gesprochen wird und alles, was an Appenzeller Eigensinn erinnert, für ein Merkmal der Globalisierungsverlierer gehalten wird, hat sich Innerrhoden zum Inbegriff des erfolgreichen, weil schlauen Appenzellertums gewandelt. Ausserrhoden entvölkert sich und verarmt, es tut sich schwer, die eigene Tradition zu pflegen, hält sich für modern, weil es sich aufgibt – Innerrhoden dagegen blüht, nicht zuletzt wegen einer sehr liberalen Wirtschaftspolitik. Verkehrte Welt in der grössten und kleinsten Welt der Welt.»

Carola fand abschliessend, ehe sie sich aufmachte, ihre Koffer zu packen, sie verstünde nun sehr gut, warum ich so gerne im Appenzellerland lebe. Eines allerdings verstünde sie aus ihrer Aussensicht nach wie vor gar nicht: Warum die beiden Hälften Ausserrhoden und Innerrhoden, die doch so offensichtlich zusammengehören, immer noch getrennte Wege gehen.

Ich sagte dazu gar nichts mehr. Irgendwie konnte ich ihre Sichtweise verstehen. Doch weil die Betroffenen das offenbar nicht so sehen, wird es auf absehbare Zeit keine Wiedervereinigung geben. Und zu viel Bedauern für Zustände aufzubringen, die ich ohnehin nicht ändern kann, habe ich noch nie für sinnvoll gehalten.

Erst auf dem Weg hinauf zu meinem kleinen Haus auf dem Tannenhügel wurde mir bewusst, dass ich mit Carola kein einziges Wort über meinen aktuellen Kriminalfall gesprochen hatte. Da auch Adelina nicht angerufen hatte, waren mir vierundzwanzig Stunden lang fruchtlose Gedanken über ungelöste Rätsel erspart geblieben. Was ich keineswegs unangenehm fand. Ich beliess es den restlichen Tag über bei diesem Gemütszustand und verschwendete keinen Gedanken an Täter und Motive. Stattdessen erledigte ich einige dringende Dinge in Büro, Haushalt und Garten und freute mich darauf, dass Adelina am nächsten Tag wieder bei mir sein würde.

Zugriff

Donnerstag, 8. August

Viscaceae hiess das Zauberwort, das uns den Zugriff zu den mit einem Passwort geschützten Daten auf der geretteten Harddisk von Ferdinand von Muotathal ermöglichte. Viscaceae ist die lateinische Bezeichnung für die Familie der Mistelgewächse. Adelina hatte erstaunlich wenig Zeit gebraucht, um das passende Passwort zu finden, was, wie sie mir mit einem Unterton von Triumph erklärte, an der von ihr verwendeten Suchmethode lag. Normale Programme, wie sie auch die Polizei verwenden dürfte, gehen mit dem breiten Schleppnetz vor und produzieren einfach so lange Unmengen von Vorschlägen, bis einer passt. Das kann dauern. Im von Adelina verwendeten Programm dagegen werden die Suchfelder zunächst eingeengt. Man gibt Stichwörter oder Themen ein, die mit der Person des Passwortgebers etwas zu tun haben könnten, und das Programm macht dazu Variationsvorschläge, zum Beispiel, indem es das Stichwort in andere Sprachen übersetzt.

Adelina hatte neben etlichen anderen auch die Stichworte «Mistel» und «katholisch» eingegeben, was das Programm offenbar dazu animiert hatte, die lateinischen Versionen von Mistel auszuprobieren. Mit Erfolg, wie sich gezeigt hatte. Wir waren drin und hatten Zugriff auf die Daten, womit wir hoffen konnten, ein Motiv für den Anschlag auf Fredy zu finden. Oder gar Hinweise auf den Täter.

Wie ich aus unserem letzten Gespräch wusste, war Karl an diesem Tag an einer polizeilichen Weiterbildung, die er nicht verpassen durfte. Er würde erst am Abend zurückkehren. Jetzt war später Vormittag, wir hatten also Zeit genug, einen ersten Augenschein zu nehmen und erst dann den zuständigen Stellen mitzuteilen, dass der Datenzugriff jetzt möglich war. Diese Gelegenheit, bei unseren Ermittlungen einen zeitlichen Vorsprung auf die Konkurrenz von der Polizei herauszuholen, konnten wir uns nicht entgehen lassen.

Der erste Blick auf den Bildschirm eines fremden Computers erlaubt tiefe Einblicke in die Persönlichkeitsstruktur des Besitzers und Nutzers. Zwischen einer peinlichen Ordnung der vorhandenen Programme und Ordner und deren völlig chaotischer Anordnung gibt es das ganze Spektrum. Das Bild der Daten von Fredy, das wir jetzt vor uns sahen, musste eine exakte Spiegelung der Bildschirmordnung sein, die dieser auf seinem verschmorten Computer gesehen hatte.

Adelina bezeichnete diese Ordnung als eigenwillig. Sie liess auf den ersten Blick erkennen, dass da ein ausgesprochener Einzelgänger gearbeitet hatte. Fredy musste oder wollte seine Daten offenbar mit niemandem teilen. Das gesamte Ordnungssystem musste ausschliesslich zu ihm passen. Entsprechend wild waren die Ordner auf dem Bildschirm verteilt. Ich kannte das aus eigener Erfahrung. Für Aussenstehende mag eine solche Ordnung chaotisch wirken, für den dagegen, der sie erfunden hat, ist es die einzig mögliche. Wenn auch niemand sonst in einem solchen Chaos etwas finden würde – der Betroffene selbst findet alles, was er sucht, auf Anhieb.

Adelina tat etwas, was sich, wie sie erklärte, immer lohnt: Sie öffnete als Erstes den Papierkorb. Der war leer, und zwar total leer. Mit ein paar Klicks stellte sie fest, dass schon jahrelang nichts mehr gelöscht worden war. Fredy schien zu jenen Menschen zu gehören, die nichts wegwerfen können, jedenfalls nichts, was sich so leicht speichern und aufbewahren lässt wie Daten. Adelina verschaffte sich einen Überblick über die gespeicherten E-Mails. Tatsächlich gab es Tausende davon, alle auf einem Haufen, ohne Trennung nach Sachgebieten in verschiedene Ordner.

Ähnliches galt auch für die Fotos und Dokumente. Grosse Mengen ohne erkennbares Ordnungsprinzip. Dass Fredy nichts gelöscht hatte, war erfreulich, erhöhte es doch die Chancen, etwas Relevantes zu finden. Andererseits war uns rasch klar, dass es Wochen dauern würde, sich durch diese Datenberge zu wühlen.

Damit wollte sich Adelina nicht abfinden. Sie analysierte als Nächstes die zuletzt verwendeten Programme. Dabei stiess sie auf ein kleines Programm, das so gut wie immer aktiviert gewesen war. Adelina kannte es. Es ermöglicht eine Art internes Internet. Wenn man in einem gewöhnlichen Text eine Stelle markiert, kann man wie bei jedem Hyperlink damit zu einem anderen Dokument gelangen, das sich automatisch öffnet, unabhängig davon, ob es um ein Textdokument geht, ein Bild, ein E-Mail oder eine Internet-Adresse. Da, wo in einem altmodischen wissenschaftlichen Text ein Querverweis auf eine benutzte Quelle steht, kann man diese Quelle gleich öffnen.

Adelina nahm sich stichprobenartig einige Dokumente vor und stellte fest, dass längst nicht alle gespeicherten Daten mit solchen Querverweisen versehen waren, aber doch viele. Ich selbst hätte keine Ahnung gehabt, wie man so etwas herausfindet, doch Adelina fand auch die Herkunft dieser Links. Sie stammten alle aus einem Ordner, der mit «confessiones» angeschrieben war. Dieser Ordner enthielt mehrere Unterordner, von denen Adelina wahllos einen öffnete. Darin fanden sich Textdokumente mit Links zu anderen Stellen im Datenspeicher.

In diesem Fall ging es um eine Reisebeschreibung. Darin gab es nicht nur Links zu Fotos und zu Webseiten über das bereiste Gebiet. Fredy hatte auch fein säuberlich alle gesammelten Quittungen eingescannt, zu denen es ebenfalls Hyperlinks gab. Die Reise war von Fredy in eigenen Worten beschrieben und mit vielen Querverweisen ausführlich dokumentiert worden.

Adelina und ich schauten uns erstaunt an. Wir konnten uns beide vorstellen, was das für ein Aufwand gewesen sein musste. Dieser Fredy musste zwanghafte Züge gehabt haben. Alles sammeln und alles dokumentieren, das hatte etwas von einem Wahn, der uns nur recht sein konnte. Fredys Dokumentationsmethode erhöhte die Chance, dass wir in seinen Daten Hinweise auf seinen Mörder finden würden. Oder mindestens auf den Brandstifter.

Erst jetzt schauten wir uns die Beschriftung dieses offenbar zentralen Ordners an. Dabei kam mir wieder einmal meine humanistische Bildung zugute. «Confessiones» heisst auf Latein «Bekenntnisse», und es gibt ein berühmtes Buch des christlichen Kirchenlehrers Augustinus mit diesem Titel, das etwa um das

Jahr 400 geschrieben wurde. Überhaupt schien Ferdinand von Muotathal ein ausgesprochenes Faible für die lateinische Sprache seiner katholischen Kirche gehabt zu haben. Sämtliche Unterordner innerhalb des Hauptordners waren ebenfalls lateinisch beschriftet.

Einiges verstand auch Adelina auf Anhieb, etwa «administratio» für Administration, «filius» für Sohn, «familia» für Familie, aber auch «viscum» für Mistel. Auch «feminae» für Frauen war klar. Anderes wie etwa «fontes pecuniae» für Geldquellen oder «tenebrosum» für das Dunkle, die Finsternis, musste ich ihr übersetzen. Und bei «sponsiones» musste auch ich in einem Online-Wörterbuch nachschlagen, um herauszufinden, dass es sich dabei um die lateinische Bezeichnung für Wetten handelt.

Wo sollten wir anfangen? Adelina stand noch unter dem Eindruck der Geschichte mit der Affäre von Fredy mit seiner Schauspielerkollegin Lina und schlug vor, sich erst mal an die Frauengeschichten von Fredy zu heften. Ich hatte nichts dagegen und öffnete den mit «feminae» bezeichneten Ordner.

Bei dessen Öffnen stellten wir fest, dass Fredy nicht etwa ein chronologisches Tagebuch geführt hatte, wie wir zunächst erwartet hatten. Vielmehr fanden sich in dem Ordner Einzeldokumente, von denen jedes einen Frauennamen trug. Darin beschrieb Fredy akribisch seine Geschichte mit der jeweiligen Frau. In jedem Text gab es Links zu Fotos, eingescannten Briefen und Mails, aber auch zu Spesenabrechnungen und Bankbelegen.

Die einzelnen Dokumente waren alphabetisch nach den Frauennamen angeordnet. Über dieser beachtlichen Reihe lag ein Dokument, das mit «essentialis» angeschrieben war. Adelina verstand auf Anhieb, dass es hier um Essenzielles gehen musste, um die Essenz dieses Ordners. Deshalb wollten wir als Erstes dieses Dokument einem genaueren Augenschein unterziehen.

Bevor wir damit anfingen, unterhielten wir uns über die Persönlichkeit, die hinter einer solchen Datensammlung stecken musste. Offensichtlich war es für Fredy extrem wichtig gewesen, sein Leben zu dokumentieren und, wie schon ein flüchtiger Blick auf das Dokument «essentialis» gezeigt hatte, auch zu reflektieren.

Der Gedanke schien ihm unerträglich gewesen zu sein, dass alles, was er getan und erlebt hatte, eines Tages im Orkus des Vergessens verschwinden würde.

Nur, für wen hatte er das getan? Bis vor Kurzem wähnte er sich ja kinderlos, es gab also keine nächste Generation, an die er die Erzählung seines Lebens hätte weitergeben können. Spielte da eine adelige Prägung mit, die erwartet, dass jedes Mitglied einer Adelsfamilie etwas Bleibendes hinterlässt? Wir wussten es nicht, und es konnte uns auch egal sein. Einen besseren Zugang zu einem möglichen Tatmotiv als den schon fast manisch anmutenden Drang, alles in Schriftform zu bekennen und zu dokumentieren, konnte es nicht geben.

Dass gleich die erste Suche einen derartigen Volltreffer bringen würde, hatten wir allerdings nicht erwartet. Gemäss seinen eigenen Bekenntnissen war Fredy ein Heiratsschwindler. In seinem zusammenfassenden Metatext bezeichnete er sich unverhohlen als solchen. Und für den Fall, dass mögliche Leserinnen und Leser das nicht geglaubt hätten, verwies der Text per Link auf die einzelnen Frauengeschichten, die ihrerseits penibel dokumentiert waren. Dadurch ergab sich rasch ein Bild von Fredys Karriere als Heiratsschwindler.

Wobei das nicht ganz das richtige Wort zu sein schien. Glaubte man Fredys Aufzeichnungen, hatte er nie jemandem die Heirat versprochen. Er hatte die Frauen auch nie in kompromittierende Situationen gebracht, um sie dann mit Bildern davon zu erpressen. Stattdessen hatte er einfach seinen Charme und seine adeligen Manieren genutzt, um einsame Frauen mit gewissen Geldreserven zu umgarnen und dann abzuzocken. In einem halben Dutzend Fällen schien ihm das gelungen zu sein.

Dabei handelte es sich nie um wirklich bedeutsame Summen. Ein paar Tausender hier, ein paar dort. Mal hatte er Spielschulden als Grund für seinen dringenden Geldbedarf angegeben, mal eine Projektfinanzierung. Bei allen Damen hatte er einen Schlussstrich gezogen, längst bevor diese ihre finanzielle Schmerzgrenze erreichten.

In seinen eigenen Texten bezeichnete sich Ferdinand von

Muotathal ohne jede Ironie als kleinen Gentleman-Gauner, der einfach den Umstand nutzte, dass er bei der Damenwelt gut ankam. Dass er sich dabei zumindest in den Grenzbereichen der Legalität bewegte, schien ihn nicht zu kümmern, für solche Fragen habe ein grosser Geist einfach keine Zeit, wie er selbst schrieb. Hauptsache, er konnte wieder eine Zeit lang seine Rechnungen bezahlen. Und dabei erst noch eine gute Zeit in angenehmer Gesellschaft verbringen.

Den Damen schien es ähnlich ergangen zu sein. Mehrere der betroffenen Damen hatten sich in Mails oder Briefen ausdrücklich für eine schöne gemeinsam verbrachte Zeit und für eine anständige Trennung in Ehren bedankt. Keine Spur von übrig gebliebenen Rachegelüsten. Und da Fredy sich bei seiner Suche nach finanzkräftigen Gespielinnen auf alleinstehende Damen konzentriert hatte, gab es auch keine eifersüchtigen Ehemänner.

Mein romantisches Gemüt wollte wissen, was es mit Fredys Liebesaffäre mit Lina auf sich hatte. Es wurde befriedigt. Wie im entsprechenden Dokument zu lesen war, hatte er sich in diese Frau richtig verliebt, obwohl sie verheiratet und nicht finanzkräftig war. Irgendwie, schrieb er, hätten sich da Spiel und Realität vermischt. Wie für seine Rolle als Freiherr in der entsprechenden Theaterszene vorgesehen, habe er einen ungeheuren Spass daran entwickelt, seiner einfachen Dienstmagd Lina zu zeigen, was für eine liebens- und begehrenswerte Frau sie sei. Und ihr Zugang zu Welten zu verschaffen, die für sie bisher fern und unbekannt waren.

Adelina und ich zogen eine erste Zwischenbilanz. Schon der erste Ordner, den wir genauer angeschaut hatten, korrigierte das bisherige Bild. Dieser Fredy war offenbar nicht so koscher gewesen, wie es sein Umfeld geglaubt hatte. Frauen so auszunutzen, das tut man einfach nicht, schon gar nicht in adeligen Kreisen, fand Adelina dezidiert. Ich wandte schüchtern ein, den betroffenen Damen könnte eine gute Zeit mit Fredy einen bestimmten Obolus wert gewesen sein, doch das liess sie nicht gelten, moralisch sei ein solches Verhalten verwerflich. Wir konnten uns in diesem

Punkt nicht einigen, wohl jedoch darin, dass wir zwar einen dunklen Punkt entdeckt hatten, nicht aber ein wirkliches Motiv.

Adelina begann für Karl eine Liste zu erstellen, in der dieser darüber informiert werden würde, was wir schon herausgefunden hatten, und Tipps dafür bekommen sollte, wo es sich für die Polizei lohnen könnte, noch genauer hinzuschauen. Der Frauenordner gehörte mit Sicherheit dazu, man konnte nie wissen, ob es nicht doch irgendwo verspätete Rachegelüste gab.

Ich erinnerte mich daran, in den eben gelesenen Texten ein paarmal über das Wort «Wettschulden» gestolpert zu sein und dass es einen Ordner mit der lateinischen Bezeichnung für Wetten gab. Dieser Ordner enthielt nur ein einziges Dokument. Darin schilderte Fredy, wie er, der sich als sehr kontrollierten Menschen sah, einmal doch für kurze Zeit in den Sog der Spielsucht geraten war und eifrig gewettet hatte. Wenig überraschend hatten sich dabei beträchtliche Schulden aufgetürmt.

Der entsprechende Schuldschein fand sich per Link, ebenso eine ganze E-Mail-Korrespondenz mit dem Gläubiger. Dieser hatte mehrfach wüste Drohungen formuliert. Dann schien man sich darauf geeinigt zu haben, dass Fredy seine Schuld in verträglichen Raten abstottern konnte. Die dazugehörigen Bankbelege, ebenfalls per Link leicht zugänglich, zeigten, dass Fredy diese Vereinbarung eingehalten hatte, erst kurz vor seinem Tod war eine der letzten Raten überwiesen worden.

Diesmal war Adelina die Verständnisvolle. Niemand sei davor gefeit, dass es einem bei Wetten oder Geldspielen mal den Ärmel reinnehme, wichtig sei nur, dass man aus diesem Sumpf wieder rauskomme, und das habe Fredy offenbar geschafft, jedenfalls wenn man seinen eigenen Aufzeichnungen glauben wolle. Auf meine Frage hin, ob sie selbst mal so etwas erlebt habe, schwieg Adelina beredt. Ich bohrte nicht weiter nach, das war ihre Sache. Und es änderte nichts daran, dass es schwer nachvollziehbar war, dass der Gläubiger jetzt, wo er bald alles zurückhatte, und erst noch mit guter Verzinsung, die Kuh, die er bis zum Schluss melken wollte, umbrachte.

Immerhin, auch das war ein Punkt für die Polizei, den sie vertieft abklären sollte. Und auch, ob Fredy in Sachen Wetten wieder rückfällig geworden war. In seinen Aufzeichnungen stand nichts davon, doch wie aktuell diese waren, konnten wir nicht wissen. Vielleicht war Fredy ja einfach noch nicht dazu gekommen, seine Bekenntnisse auf den neusten Stand zu bringen.

Als Nächstes wandten wir uns dem Ordner mit der lateinischen Bezeichnung für die Mistel zu. Wie nicht anders zu erwarten, enthielt dieser Ordner alle Unterlagen über die Nistelbühl GmbH, die Firma von Ferdinand von Muotathal. Und auch hier gab es persönliche Aufzeichnungen von Fredy, in die wir uns alsbald vertieften. Es dauerte eine ganze Weile, doch dann ergab sich ein Bild dieser Seite des Herrn von Muotathal, das uns in gelindes Erstaunen versetzte.

Die eine Seite dieses Bildes gefiel uns beiden sehr gut. Fredy, wie wir ihn der Einfachheit halber in unseren Gesprächen nannten, war ein ausgesprochener Liebhaber der Mistel gewesen. Als studierter Chemiker hatte er der Pharmaindustrie mit ihren künstlichen Molekülen bald den Rücken gewandt und begonnen, sich mit den natürlichen Molekülen der Pflanzenchemie zu beschäftigen. Dabei war er auf die Mistel gestossen und so fasziniert gewesen, dass er sich fortan auf diese geheimnisvolle Pflanze mit all ihren mythologischen und pharmakologischen Aspekten konzentriert hatte.

Die entsprechenden Passagen in Fredys Aufzeichnungen enthielten zahlreiche Querverweise, denen wir natürlich nicht nachgehen konnten. Fest stand, dass Fredy in Sachen Mistel über ein umfassendes Wissen verfügte. Zusammen mit seinem handwerklichen Geschick und seiner Neigung zum Tüfteln führte das dazu, dass er neue Methoden entwickelte, um die Grundstoffe der Mistel, ihre eigentliche Essenz, aus der ursprünglichen Pflanze zu destillieren.

Aufgrund seiner Forschungsergebnisse schlug er sich in einer umstrittenen Frage klar auf die eine Seite: Ja, die Art des Trägerbaums für den Schmarotzer Mistel spielt eine Rolle. Er ging noch weiter, indem er auch nach Standorten und Bodenbeschaffenheit differenzierte. Im Laufe der Zeit entwickelte er ein ganzes Sortiment unterschiedlicher Mistelessenzen, von denen er hoffte, sie als Grundstoffe für Heilmittel und Kosmetika auf Mistelbasis verkaufen zu können.

Das allerdings hatte sich als schwieriger erwiesen als geplant. Es gab auf dem Feld der Misteltherapien bereits etablierte Konkurrenten, die notfalls ihre Marktmacht einsetzten, um einem kleinen Störenfried das Leben schwer zu machen. Dazu kam, dass die meisten potenziellen Kunden lieber auf eine bequem zu handhabende Einheitsessenz setzten, statt sich mit dem differenzierten und damit auch komplexeren Angebot von Fredy auseinanderzusetzen. Kurzum, der Geschäftserfolg blieb unter den Erwartungen und war, wie Fredy selbst formuliert hatte, mässig, um nicht zu sagen saumässig.

Dabei hatte er für sein Haus im Nistelbühl, das er tatsächlich wegen dessen Flurnamen gekauft hatte, und für die Laboreinrichtung beträchtliche Mittel investiert, die er wohl abschreiben musste. Dachte er jedenfalls, bis er entdeckte, dass er mit seiner kleinen Firma ein lukratives Nebengeschäft betreiben konnte.

Ein paar Kunden in der Schweiz und im nahen Ausland hatte Fredy schon, und mit den meisten pflegte er einen persönlichen Kontakt. Eines Tages nach einem feinen Essen, das sich Fredy gerne von seinem Kunden bezahlen liess, weil er, wie er schrieb, sein Leben lang nie Probleme damit gehabt habe, Geschenke anzunehmen, kam das Gespräch auf die Veränderungen in der Bankenwelt, die es unbescholtenen Bürgern immer schwerer machen, ihr Geld vor dem Fiskus zu verstecken.

Nach dem dritten Glas Rotwein gestand dieser Kunde Fredy, er habe selbst solches Schwarzgeld gebunkert, nicht viel, nur ein paar Zehntausend. Nun habe er genug von diesem Stress und wolle dieses Geld legalisieren. Er sei sogar bereit, darauf Steuern zu zahlen, nur wolle er auf keinen Fall unangenehme Fragen vom Finanzamt oder gar ein Stochern in seiner Vergangenheit. Ob Fredy nicht einen Weg dafür wisse.

Er wusste. Wie er schrieb, hatte er in diesem Moment eine Eingebung. Es war ihm zwar klar, dass es sich, streng formal gesehen, um Geldwäsche handelte. Aber erstens, beruhigte er sich selbst, war das zu waschende Geld nicht von krimineller Herkunft, das hatte ihm sein Kunde glaubhaft versichert. Zweitens handelte es sich um eine bescheidene Summe. Und drittens sollte das Geld ja ordentlich versteuert werden. Die geplante Transaktion diente also ausschliesslich der Vergangenheitsbewältigung, und das, fand Fredy, war ein vielleicht nicht ganz legales, aber sicher legitimes Anliegen.

Die Transaktion, die Fredy einfiel, war nicht besonders originell, aber wirksam. Er schickte seinem Kunden eine Kleinmenge Mistelessenz, legte aber eine Rechnung für eine wesentlich höhere Liefermenge bei. Da es bei diesen Essenzen immer um winzige Volumen ging, würde das niemandem auffallen, was es tatsächlich auch später nie tat. Der Kunde beglich die überhöhte Rechnung anstandslos aus seinem Schwarzgeldkonto.

Zwei Monate später stellte der Kunde umgekehrt eine Rechnung für nur vage spezifizierte Beratungsleistungen. Die Rechnungssumme betrug den ursprünglich überwiesenen Betrag für die Lieferung abzüglich zehn Prozent Provision für Fredy als Entschädigung für dessen Aufwand und Risiko. Dieses hielt sich allerdings in Grenzen, wie Fredy selbst feststellte. Dass er als Einmannunternehmen Beratungsaufträge für Bereiche wie Marketing, Kommunikation oder Finanzen extern vergab, wirkte völlig normal.

Entsprechend anstandslos liefen Fredys Geldwäschegeschäfte. Der erste Kunde war sehr zufrieden gewesen und empfand die Provision als angemessen. Er hatte den Tipp weitergegeben, und so wuchs Fredys Kundenkreis allein durch persönliche Empfehlungen stetig an. Erstaunlich viele Mittelständler wollten einen Schlussstrich unter ihre Schwarzgeldvergangenheit ziehen und reinen Tisch machen, ohne deswegen vom Finanzamt behelligt zu werden.

Wie aus Fredys Aufzeichnungen hervorging, hatte er bei diesen Geschäften nie überbordet. Er hatte nie höhere Summen gewaschen als bei seinem ersten Kunden, und wenn er den leisesten Verdacht hatte, es ginge um wirklich kriminelle Gelder, lehnte er dankend ab. So war es ihm gelungen, über Jahre hinweg seinen kleinen, aber feinen Waschsalon unentdeckt am Laufen zu halten.

Reich war er mit dieser Nebentätigkeit wegen seiner klugen Selbstbeschränkung nicht geworden, doch die so erzielten Einnahmen reichten aus, um seinen im Grunde bescheidenen, aber doch mit ein paar teureren Extravaganzen ausgestatteten Lebensstil zu finanzieren, jedenfalls zusammen mit seinen sonstigen mehr oder minder legalen Einkünften.

Es dauerte eine ganze Weile, bis die sonst so redegewandte Adelina die Sprache wiederfand. Es gab ja auch einiges zu verdauen. Hinter der Fassade des allseits beliebten Ehrenmannes Ferdinand von Muotathal hatte sich ein ganz gewöhnlicher kleiner Gauner verborgen gehabt. Das war starker Tobak und zeigte einmal mehr, wie leicht sich viele Menschen von einer glänzenden Fassade täuschen lassen.

Ehe wir in fruchtlosem Moralisieren über den Zustand der Welt versanken, wandten wir uns lieber wieder unserem Fall zu, indem wir uns fragten, ob das gesuchte Tatmotiv in diesen Geldwäschegeschäften der Nistelbühl GmbH zu finden sei. Theoretisch wäre das möglich, befanden wir, und praktisch müsste es sich einfach herausfinden lassen, indem man alle Kunden von Fredys Waschsalon, wie er ihn selbst bezeichnet hatte, befragte. Die nötigen Kundendaten wurden von Fredys Aufzeichnungen und den entsprechenden Querverweisen wie auf dem Präsentierteller geliefert.

Diese Arbeit wollten wir allerdings gerne der Polizei überlassen. Viel erhofften wir uns davon ohnehin nicht. In Fredys Aufzeichnungen gab es nicht den geringsten Hinweis auf einen Konflikt mit den Waschsalonkunden. Etliche Dankesschreiben liessen vielmehr darauf schliessen, dass die Geschäfte immer zu vollster Zufriedenheit beider Seiten abgelaufen waren. Jeder hatte bekommen, was er wollte, und das für faire Gebühren. Eine klassische Win-win-Situation. Und weil Fredy brav in seiner

Nische geblieben war, konnte er mit seinen Geschäften auch kaum der organisierten Kriminalität in die Quere gekommen sein. Dazu waren die Fische, die er fing, einfach zu klein.

Zwei Ordner wollten wir uns noch vornehmen, ehe wir das Passwort und die Liste mit den von uns gefundenen Verdachtsmomenten an Karl abschicken würden. Der erste mit der Bezeichnung «fontes pecuniae» enthielt eine einzige Geschichte, die allerdings ausreichte, um uns zum Lachen und Weinen zugleich zu bringen.

Auf diese Geldquelle war Fredy, wie er beteuerte, wirklich ganz zufällig gestossen. Eines Abends nach einer seiner zahlreichen Sitzungen, diesmal in einem nicht näher bezeichneten Gasthof, zu dessen Merkmalen es gehörte, dass er verschiedene abtrennbare Essräume besass, hatte er auf dem Gang zur Toilette versehentlich eine falsche Tür geöffnet.

Der Anblick, der sich ihm bot, war erstaunlich. Auf einer dicken Lage von Schaffellen lagen einige Männer in altrömisch anmutenden Kostümen aus Leder und schmausten halb liegend Berge von fetttriefenden Hähnchen und Schweinebraten.

Eine kleine römische Fressorgie wurde hier gespielt, schloss Fredy messerscharf. Dann stutzte er. Einen der Männer, denen allen die Entdeckung ihres kleinen Geheimnisses sichtlich unangenehm war, kannte er vom Sehen. Flüchtig erinnerte er sich an dessen Namen, Bruno Dobler. Präsenter war Fredy die Funktion dieses Dobler in der Öffentlichkeit. Es handelte sich bei ihm um den Vorsitzenden der Ostschweizer Veganergesellschaft, der immer wieder gegen jegliche Verwendung von tierischem Material gewettert hatte. Also nicht nur kein Fleisch, sondern auch keine Milch und keine Eier, und Kleider aus Schafwolle oder Leder sind ohnehin des Teufels.

Fredy, nicht faul, schloss mit einer formvollendeten Entschuldigung die Tür, verliess den Gasthof durch den Haupteingang, umrundete das Gebäude und fand schliesslich das Fenster, durch das er in den Orgienraum blicken konnte. Die Gäste schienen sich von ihrem Schreck erholt zu haben und tafelten fröhlich weiter. Niemand bemerkte Fredy, wie er mit der Kamera seines Handys durch das Fenster ein paar sehr gelungene Aufnahmen schoss.

Der Veganerchef, der Wasser predigt und Wein säuft, indem er sich in tierischen Materialien wälzt und fettes Fleisch mampft – das wäre für bestimmte Medien ein gefundenes Fressen gewesen. Doch Fredy ging es nicht darum, einen Heuchler zu entlarven. Er wollte seine Zufallsentdeckung lieber zu Geld machen. Das gelang ihm auch. Bruno Dobler hatte die äusserst massvoll angesetzte Erpressungssumme anstandslos bezahlt.

Fredy hatte auch bei diesem Geschäft Um- und Vorsicht walten lassen. Er widerstand der naheliegenden Versuchung, Dobler ein zweites und drittes Mal zu melken, weil dadurch naturgemäss die Gefahr von unliebsamen Gegenreaktionen wächst. Dennoch gehörte dieser Dobler zum Kreis der Verdächtigen, das Motiv Rache war in seinem Fall gegeben.

Aufschlussreich – in Sachen Fredys Persönlichkeit, nicht in Sachen Tatmotive – war schliesslich das Dokument, das wir im Ordner «tenebrosum» fanden. Es enthielt eine Art Selbstporträt von Fredy, das sich ebenso gnadenlos wie kurios las. Fredy bezeichnete sich darin selbst als «kleinen Allzweckgauner». Er beschrieb, wie er wegen seines ausgesprochenen Bedürfnisses nach geistiger Autonomie nie in einer Organisation wie einem Unternehmen oder einer Universität Fuss fassen konnte und deshalb den Weg der Ich-AG gewählt hatte.

In einer solchen, philosophierte er weiter, könne man nur mit einer flexiblen Nischenstrategie Erfolg haben. Wenn man, wie Fredy, über vielfältige Interessen und Talente verfügt, lohnt es sich nicht, sich auf ein einziges Gebiet zu spezialisieren, dazu ist der zugängliche Markt zu klein. Sinnvoller ist ein vielfältiges Angebot und die Bereitschaft, sich bietende Chancen zu nutzen und dabei frei zu bleiben von einengenden Scheuklappen des Denkens.

So hielten es, wie Fredy fand, viele Einpersonen-Unternehmen, zum Beispiel auf Gebieten wie Marketing, Kommunikation und Beratung. Indem sie flexibel kleine Marktnischen nutzen, überleben sie mehr oder weniger anständig. Er hatte sogar mal in einem Selbstporträt im Internet die Bezeichnung «Allzweck-Intellektueller» gefunden. Ich fühlte mich ertappt.

Fredy hatte nach dieser Strategie gehandelt und die Chancen am Schopf gepackt, die sich ihm boten. Dass sich diese Chancen in den juristischen Grauzonen häuften, war ihm erst nach einiger Zeit aufgefallen. Zunächst hatte er sich mit moralischen Skrupeln herumzuschlagen. Dann erinnerte er sich an den alten Spontispruch «legal – illegal- scheissegal» und fand, das sei ein hervorragendes Leitmotiv für ihn. Wenn schon sonst nichts klappte, wollte er wenigstens seine Rolle als kleiner Allzweckgauner möglichst gut ausfüllen.

Das war ihm, wie er selbst fand, ganz gut gelungen. Er schadete niemandem in grösserem Umfang, und er hielt seine Aktivitäten bewusst auf einem so tiefen Niveau, dass er nicht Gefahr lief, vom Radar der wirklichen Gauner erfasst zu werden. Reich wurde er damit nicht, aber er konnte angenehm leben und seinem Drang, nach aussen den beliebten Ehrenmann zu spielen, ungestört nachgehen.

Die Lektüre offenbarte einen Mann, der mit sich im Reinen ist und seine innere Mitte gefunden hat. Das war, bei aller moralischen Ablehnung seines Tuns, ein berührender Eindruck. Oder vielleicht gerade deswegen. Es war ungewohnt und zeugte von Chuzpe, wie Fredy Grundsätze und Strategien aus der normalen Wirtschaftswelt auf das Feld der Kleinkriminalität übertragen hatte. Erfolgreich, wie es schien. Adelina und ich kamen zur selben Schlussfolgerung: Ferdinand von Muotathal, alias Fredy, war eine wahrhaft schillernde Persönlichkeit gewesen und zugleich eine ausgesprochen echte und authentische. Das sei, schloss ich unsere Beratungen ab, eine Beschreibung, die auf viele Appenzellerinnen und Appenzeller zutreffe, nicht nur auf den eingewanderten Fredy.

Mehr, als Karl unsere Erkenntnisse mitzuteilen, konnten wir im Moment nicht tun. Dieser würde zwar mit Sicherheit zunächst schimpfen, weil wir vor der Polizei in Fredys Daten gewühlt hatten, doch dann würde er sich beruhigen und froh sein, dass wir ihm und seinen Mannen schon eine Menge Arbeit abgenommen hatten. So kam es denn auch.

Von Kriminalfällen hatten wir vorderhand genug. Adelina vertiefte sich in die Lektüre der Titelgeschichte eines alten «Spiegel», der bei mir noch herumlag. Es ging darin um die «Magie des Mitgefühls». Ich erinnerte mich: Hirnforscher konnten in den letzten Jahren beweisen, dass die Menschen – und nicht nur sie – über eine ausgesprochene Fähigkeit verfügen, sich in andere hineinzuversetzen. Und mehr als das: Wenn wir bei einem anderen Menschen ein Gefühl wahrnehmen, empfinden wir dasselbe Gefühl. Das funktioniert, wenn diese Fähigkeit in ihrer Entwicklung nicht gestört wurde, ganz automatisch. Der Artikel lief darauf hinaus, dass die Forschung mittlerweile handfeste Belege für eine biologische Grundlage von Empathie gefunden hat.

Adelina bemängelte nach ihrer Lektüre, der Artikel habe einen in diesem Zusammenhang sehr relevanten Aspekt schlicht ausgelassen – Sex. Nach ihren Erfahrungen basiere das Vergnügen daran zu einem schönen Teil auf der Fähigkeit der Spiegelung, dann, wenn die Lust des anderen zur eigenen wird. Wenn dieses Phänomen in unserem Gehirn angelegt sei und, wie der «Spiegel» behaupte, je ausgeprägter würde, desto besser man sich kenne, dann müsse der Sex doch immer besser werden, je länger sich die beiden Partner kennen. Adelina brauchte nicht lange, mich davon zu überzeugen, diese kühne Theorie gleich in der Praxis auszuprobieren …

Wagners Schatten

Donnerstag, 10. Oktober

Wochenlang hatte sich gar nichts mehr getan. Zwei Monate war es jetzt her, seit Karl von unseren Funden in Fredys Daten erfahren hatte. Seine Spezialisten hatten noch einmal alles durchforstet, waren aber auf keine neuen Ermittlungsrichtungen mehr gestossen.

Und auch die Spuren, die Adelina und ich bereits bei unserer ersten Datensichtung entdeckt hatten, verliefen alle im Sande. Die Polizei hatte in mühsamer Kleinarbeit alle auch nur minim Verdächtigten aufgetrieben und befragt. Mit dem zu erwartenden Ergebnis: Niemand hatte ein ausreichendes Motiv. Und wenn ein solches doch mal am Horizont auftauchte, hatten die Betreffenden ein überzeugendes Alibi.

Alle Damen, die Fredy für amouröse Dienste aller Art kleine Geldspritzen gereicht hatten, waren des Lobes voll über Fredy und die mit ihm verbrachte Zeit. Keine hatte das temporäre Abenteuer mit einer längeren Beziehung verwechselt. Fredy sei, so die einhellige Ansicht, sein bisschen Geld eindeutig wert gewesen.

Der Gläubiger von Fredys Wettschuld hatte wie vermutet keinerlei Grund, die letzten Ratenzahlungen nicht einfach abzuwarten. Er habe, erklärte er, nie an Fredys Ehrenhaftigkeit gezweifelt. Und er sei tatsächlich nicht so blöd, die Kuh zu schlachten, die man noch melken will. Die Polizei wiederum hatte keinen Grund, an seinen Aussagen zu zweifeln.

Bruno Dobler, dem Veganerchef, war bei seiner Befragung die ganze Geschichte äusserst peinlich gewesen, und er hatte inständig um Diskretion gebeten. Wenn das rauskäme, sei es mit seiner Karriere in der gerade so hoffnungsvoll aufblühenden Veganerszene vorbei. Deshalb habe er Fredy auch anstandslos für dessen Schweigen bezahlt und sei diesem sehr dankbar gewesen, dass er sich fair verhalten und keine weiteren Erpressungsversuche mehr unternommen habe. Für ihn, Dobler, war die Geschichte damit erledigt, Rachegefühle hatte er laut eigener Aussage keine. Zudem, fügte Karl bei seiner Erzählung nach dem Verhör, das er selbst durchgeführt hatte, hinzu, sei dieser Dobler ein eher ängstliches und chaotisches Persönchen, dem er eine so kalt geplante Tat wie den Brandanschlag auf Fredys Haus niemals zutraue.

Auch die Befragung der Kunden von Fredys Geldwaschsalon lieferte keine neuen Erkenntnisse. Alle gaben angesichts der erdrückenden Beweislast von Fredys Datensammlung zu, Geschäfte in der Grauzone getätigt zu haben. Doch da sich Fredy bei diesen Geschäften immer wie der sprichwörtliche ehrbare Kaufmann verhalten hatte, waren alle mit der Abwicklung zufrieden. Niemand hatte einen Grund zur Klage, geschweige denn für eine Gewalttat.

Es machte den Anschein, als ob der Fall ungelöst zu den Akten wandern würde. Karl war darüber genauso frustriert wie Adelina und ich.

***

Je mehr Zeit ins Land zog, desto geringer wurden die Chancen, den Fall noch zu lösen. Bis heute eine neue erfolgversprechende Spur aufgetaucht ist, in Form eines Mails, das an mich gerichtet war. Es stammte von einer «Richard-Wagner-Gesellschaft» in Bayreuth. Hinter dem Absendedatum war in Klammern eine Bemerkung hinzugefügt: «Am 10. Oktober 1853 sah Richard Wagner anlässlich eines Besuchs bei Franz Liszt in Paris dessen Tochter Cosima zum ersten Mal. Sie war damals fünfzehn Jahre alt und wurde später Wagners Frau.»

Der Inhalt des Mails lautete folgendermassen:

Werter Herr Eugster,
wie wir aus gewöhnlich gut unterrichteter Quelle erfahren haben, sind Sie an der Aufklärung des Falls unseres leider allzu früh verblichenen Mitgesellschafters Ferdinand von Muotathal beteiligt. Wir haben zudem berechtigten Grund zur Annahme, dass Sie Zugang zu dessen Daten haben.

Sollte dies der Fall sein, möchten wir Sie darüber informieren, dass sich im Privatbesitz des Obgenannten möglicherweise ein Dokument aus dem Nachlass unseres hoch geschätzten Meisters befindet, an dem wir aus naheliegenden Gründen ein grosses Interesse haben.
Wenn Sie auf Hinweise in dieser Richtung oder gar auf das gesuchte Dokument selbst stossen, sind wir bereit, Sie für entsprechende Hinweise grosszügig zu belohnen. Eine vertrauensvolle Zusammenarbeit soll Ihr Schaden nicht sein.
Mit vorzüglicher Hochachtung

Glücklicherweise hatte Adelina ohnehin vorgehabt, an diesem heiter-milden Tag mit seiner Bläue des Himmels, wie sie nur der Herbst hervorbringt, zu mir heraufzukommen. Sie war die Expertin in Fredys Datenbeständen. Nicht einmal die Experten von der Polizei hatten sich mehr darin vertieft als sie, wie uns Karl erzählt hatte, der uns für das schnelle Durchforsten und die daraus resultierenden Hinweise dankbar war, wenngleich sie nichts Brauchbares gebracht hatten. Die Polizei hatte mangels personeller Ressourcen längst aufgehört, weiter in Fredys Daten zu stöbern, von dieser Seite waren deshalb sicher keine sachdienlichen Hinweise auf irgendein Wagnerdokument zu erwarten.

Doch auch Adelina erinnerte sich nicht, jemals auf etwas gestossen zu sein, was auch nur annähernd in diese Richtung ging, auch nicht bei späteren, vertieften Suchprozessen in Fredys Daten. Immerhin fiel ihr in diesem Zusammenhang wieder ein, dass sie in den Tiefen dieser Datenbestände drei Ordner gefunden hatte, die mit einem eigenen Passwort speziell geschützt waren.

Der erste hiess «praecepta» (Rezepte) und fand sich im Ordner mit den Firmendaten. Da sich Fredys Firma mit der Produktion von Mistelessenzen befasste, lag es nahe, dass sich in diesem Ordner die geheimen Rezepte und Anleitungen zu deren Herstellung befanden.

Der zweite speziell geschützte Ordner fand sich im Bereich «fontes pecuniae» und trug den Titel «redivivus». Schon bei der ersten Entdeckung dieses Ordners hatte Adelina herausgefunden, dass dieses Wort «gebraucht» heisst, und ich, etwas sauer darüber, dass dieses Wort nicht mehr in meinem Kopf gespeichert war, hatte daraus so spitz wie scharf geschlossen, es könne sich dabei nur um den Vorgang mit dem Schmiergeld für seine wohltätigen Geschäfte mit gebrauchten Gütern handeln.

Der dritte Ordner fand sich unter «familia» und trug die Bezeichnung «Richard». Dabei könne es sich, hatten wir damals, vielleicht etwas voreilig, geschlossen, nur um den unehelichen Sohn von Fredy handeln, der, wie wir längst wussten, Richard hiess. Im Ordner drin vermuteten wir deshalb Unterlagen zur geplanten Adoption.

Mittlerweile erinnerte ich mich auch wieder an diese Funde. Bei allen drei Themen hatte nach unserer damaligen Einschätzung Fredy gute Gründe dafür gehabt, heikle Daten speziell zu schützen. Und in keinem der drei Fälle gab es für uns oder die Polizei einen begründeten Anlass, vertiefte Anstrengungen zum Knacken der Passwörter zu unternehmen. Die Rezepturen für die Mistelessenzen gingen weder sie noch uns etwas an. Die Geschichte mit dem Schmiergeld war längst bekannt und hatte sich als kalte Spur erwiesen, mehr war auch im Ordner nicht zu erwarten.

Dasselbe galt bis eben auch für den Ordner namens «Richard». Fredy wollte das Geheimnis um seinen Sohn so lange vor seiner missgünstigen Familie schützen, bis alles über die Bühne gegangen war. Wir aber kannten das Geheimnis längst und hatten keinen Grund, tiefer in der Geschichte herumzuwühlen.

Jetzt sah das anders aus. Wenn, wie das Mail der Wagnergesellschaft andeutete, tatsächlich Richard Wagner im Spiel war, konnte sich im Ordner «Richard» etwas verbergen, was mit dem so grossen wie umstrittenen Komponisten Richard Wagner zu tun hatte, der in diesem Jahr wie Appenzell ein rundes Jubiläum feierte, seinen zweihundertsten Geburtstag.

Jetzt, da wir wussten, worum es ging, war auch das Passwort leicht zu finden. Adelina brauchte nicht einmal ihr spezielles Programm zu bemühen. Das naheliegende «Wagner» erwies sich noch als falsch, doch schon der zweite Versuch, den Adelina eintippte, öffnete den Ordner: «Bayreuth».

Darin fanden sich längere Aufzeichnungen von Fredy, wie immer versehen mit Querverweisen in Form von Links zu den entsprechenden Dokumenten. Aus alledem ergab sich eine spannende und erhellende Geschichte:

Im Jahr 1849 beteiligte sich Richard Wagner aktiv am Maiaufstand in Dresden, wo er seit 1842 Hofkapellmeister war. Deswegen wurde er von der Polizei steckbrieflich gesucht und sah sich gezwungen zu fliehen. Wagner floh mit falschem Pass zunächst in die Schweiz und blieb nach einem kurzen Aufenthalt in Paris dauerhaft, das heisst bis 1858, in Zürich im Exil.

An dieser Stelle gab es in Fredys Aufzeichnungen einen Link zu einem Artikel im «St. Galler Tagblatt» vom 6. Juli 2013, in dem einige Passagen mit einem digitalen Leuchtstift gelb markiert waren:

Im Juli 1851 reist der Komponist Richard Wagner mit dem Dampfschiff von Zürich nach Schmerikon. Er wandert über den Rickenpass, sieht sich im sehenswerten Städtchen Wattwil um und zieht weiter, über Appenzell nach Rorschach. Hier nimmt er seinen über Lindau angereisten Dresdener Freund Theodor Uhlig in Empfang. Allerdings verspätet Uhlig sich, vermutlich hat Wagner sich deshalb wohl noch den immer dienstags und donnerstags in Rorschach abgehaltenen grössten Kornmarkt der Schweiz angesehen.

Er ist nicht allein: Zur Reise überredet hat er den jungen Karl Ritter, den musikbegabten Sohn seiner Gönnerin Julie Ritter. Beim Anblick seines Freundes erschrickt Wagner: Uhlig leidet an Schwindsucht. Trotzdem wollen sie den Säntis besteigen, Uhlig sogar mit fahrlässig leichtem Schuhwerk. In Briefen an sein «allerliebstes Mietzel» – die Ehefrau Minna – berichtet Wagner detailliert von diesem Abenteuer, das beinah in einer Katastrophe enden wird. Zunächst geht es in die Wasserheilanstalt Horn, mit dem Wagen nach St. Gallen, zu Fuss dann über Teufen nach Gais. Dort übernachten die drei.

Richard Wagner indes hat eher zu kämpfen als zu schwärmen, als es von Weissbad aus bergan geht. Einen ausgebauten Wanderweg gibt es noch nicht, immerhin engagiert die Reisegesellschaft einen Bergführer. Sie übernachten auf der Meglisalp, nachts pfeift ihnen im Heu der eisige

Wind um die Ohren, anderntags folgt die mühevolle Durchquerung eines Schneefeldes.

Wagners Drama am Säntis
Karl Ritter wird es schlecht, doch Richard Wagner will ihn um fast jeden Preis zum Gipfel schleppen. «Jeden Augenblick glaubte ich, ihn zusammenbrechen und hinabstürzen sehen zu müssen», schreibt er nach Hause. Auf dem Gipfel wird Ritter ohnmächtig, der Bergführer muss ihn wieder hinunterführen. Wagner und Uhlig aber gehen weiter, hinunter nach Wildhaus. Wie durch ein Wunder entgehen sie einer zweiten Katastrophe: Uhlig rutscht mit seinen glatten Schuhsohlen immer wieder aus. Kein Wunder, sind sie nachher «auf das furchtbarste ermüdet».

Richard Wagner war demnach leibhaftig im Appenzellerland gewesen und hatte sogar den Gipfel des Säntis erklommen, jenen Ort, an dem die drei Kantone Appenzell Innerrhoden, Appenzell Ausserrhoden und St. Gallen zusammenkommen, oder je nach Lesart zusammenstossen.

Das fand Fredy bemerkenswert. Ich dagegen fand es in einem leisen Anflug von Egozentrik bemerkenswert, dass dieses Ereignis exakt hundert Jahre vor meiner eigenen Geburt stattgefunden hatte.

Die Fortsetzung der Geschichte liess sich Fredys akribischen Aufzeichnungen entnehmen. Kurz nachdem Fredy diesen Artikel gelesen und archiviert hatte, erhielt er einen Anruf von seiner alten Tante Minna, die um einen Besuch bat. Fredy hatte diese Tante als eine der wenigen in der Familie immer gemocht. Sie konnte wunderbare Familienschnurren erzählen, litt aber im Gegensatz zu anderen Familienmitgliedern nie unter einem Adelsdünkel, sondern zeigte durch ihre ganze Ausstrahlung, dass Bescheidenheit kein Ausdruck von mangelndem Selbstbewusstsein ist, sondern im Gegenteil von einem ausgeprägten.

Jetzt war Minna, wiewohl geistig noch immer hellwach, alt und gebrechlich geworden. Als Fredy so bald es ging zu ihr gefahren war, hatte sie ihm mitgeteilt, dass sie wohl nicht mehr lange zu leben habe. Deshalb musste sie ihm vor ihrem Ableben ein Familiengeheimnis erzählen.

Ein direkter Vorfahre von ihr und Angehöriger eines anderen Familienzweigs als jener von Fredy, Theodor von Muotathal, hatte Richard Wagner in dessen Luzerner Asyljahren 1866 bis 1871 persönlich kennen- und schätzen gelernt. Und mehr als das: Er hatte sich zu einem frühen glühenden Wagnerverehrer entwickelt und damit, aber auch wegen seines soliden familiären Hintergrunds und eines nicht unbeträchtlichen Vermögens, das Vertrauen des Meisters gewonnen.

Kurz bevor Richard Wagner mit seiner Familie im Frühjahr 1872 seine auf Tribschen am Rande von Luzern gelegene Villa in Richtung Bayreuth verliess, kam er zu Theodor von Muotathal und vertraute ihm ein schlichtes Holzkästchen mit den Initialen «RW» an. Dazu erzählte er eine Geschichte, die jener Vorfahre von Minna als Gedächtnisprotokoll sorgfältig aufschrieb.

Aus Copyright-Gründen ist es nicht möglich, diese Geschichte wörtlich wiederzugeben. Adelina und ich haben jedoch eine eingescannte Kopie dieser Notizen und deren Übertragung in eine lesbare Form gesehen, weshalb ich die Geschichte, die Richard Wagner damals erzählt hat, in den Grundzügen wiedergeben kann.

Die Abenteuer Richard Wagners im Alpstein waren nicht folgenlos geblieben. Nein, er hatte sich nicht auf eine dralle Appenzellerin eingelassen, sondern ein geistiges Kind gezeugt. Die Schwangerschaft dauerte nur wenige Tage, dann kam das Kind in einer einzigen schlaflosen Nacht zur Welt: der Appenzeller Freiheitsmarsch.

Wagner selbst hatte die Entstehungsgeschichte dieses Werks in einem der vielen Briefe an seine damalige Frau geschildert. Bei seinem Gespräch mit Theodor von Muotathal übergab er diesem ebendiesen Brief, der sich zusammen mit einem anderen Dokument in dem Kästchen befand, das Wagner seinem Freund zu treuen Händen übergab.

An dieser Stelle von Fredys Aufzeichnungen gab es einen Link zu einer eingescannten Kopie eines handschriftlichen Dokuments. Dieses war erkennbar in einer anderen Handschrift geschrieben als die Aufzeichnungen von Theodor von Muotathal. Adelina surfte kurz im Netz und fand schnell Bilder mit der Handschrift von Richard Wagner. Sie und ich waren zwar beide blutige Laien, wenn es um Schriftvergleiche ging, doch die Ähnlichkeit schien uns so gross, dass wir vorderhand keinen Zweifel daran hegten, es handle sich bei diesem Dokument wirklich um die Aufnahme eines Originalbriefs von Richard Wagner.

Lesen konnten wir den Brief nicht wirklich. Zum Glück hatte Fredy auch davon eine Abschrift samt Übersetzung in verständliches Deutsch gemacht. Da nach wie vor unklar ist, wem die Rechte an diesem Brief gehören, kann es an dieser Stelle ebenfalls keine wörtliche Wiedergabe geben. Zum Verständnis der Geschichte genügt eine Zusammenfassung.

Der Brief ist in einer ausgesprochen euphorisierten Sprache verfasst. Wagner schildert darin, wie er bei der Begegnung mit diesen zugleich einfachen wie edlen Menschen, wie er schrieb, die er im Appenzellerland angetroffen hat, deren unbändigen Freiheitswillen kennen-, schätzen und lieben lernte. Dieser Drang nach Unabhängigkeit! Diese Abneigung gegen fremde Richter! Dieser unbändige Wille, ein eigensinniges Leben zu leben!

Je höher hinauf es im wilden Alpstein ging, desto besser verstand Wagner, warum die Appenzeller einst in ihren Freiheitskriegen sich unter Einsatz ihres Lebens dagegen gewehrt hatten, von jemandem regiert zu werden, der weit unterhalb von ihnen lebte, im Kloster St. Gallen. Richard Wagner realisierte, dass die Höhenlage der Appenzeller eine entscheidende Quelle ihres Freiheitsdrangs war und ist.

Auf dem Gipfel des Säntis war er vollends von der Kraft der Höhenlage überzeugt. Sie ermöglicht Überblick und Weitblick. Sie eröffnet neue Perspektiven. Das wiederum ist die Voraussetzung für Freiheitsdrang: Nur wer zwischen verschiedenen Perspektiven wählen kann, braucht Freiheit.

Noch auf dem Säntisgipfel entwickelte Richard Wagner die Grundzüge eines Werks, in dem er dieser reinen und hehren Empfindung einen musikalischen Ausdruck verschaffen wollte. Nach dem mühsamen Abstieg konnte er vor Erschöpfung nicht schlafen und schrieb stattdessen in einem Zug die Partitur des Appenzeller Freiheitsmarschs.

Dann rühmt Wagner sich selbst. Er schildert sein Werk als extraordinären Geniestreich eines ohnehin genialen Musikers. Und er ist sich der Ausnahmestellung dieses Musikstücks bewusst. Ihm, der sonst für Gesamtkunstwerke in Form grosser Opern zuständig ist, ist es hier nach eigener Ansicht gelungen, seine ganze Kunst zu einem kurzen Werk zu verdichten, in dem eine hohe Empfindung wie Freiheitsdurst nicht nur beschrieben, sondern auch geweckt und genährt wird. In einem Masse, wie Wagner vermutet, dass künftige Hörerinnen und Hörer von einem Gefühlssturm bisher unbekannten Ausmasses ergriffen werden könnten.

Abschliessend bilanziert Richard Wagner in diesem Brief, so ein Geniestreich sei in seinem bisherigen Schaffen einmalig und werde das wohl auch bleiben. Zu einmalig war die Konstellation der Inspirationsquellen gewesen. Die Begegnung mit seinem alten Freund Uhlig, welche die noch frischen Erinnerungen an die revolutionären Tage in Dresden mit ihren freiheitstrunkenen Parolen verstärkt heraufbeschwor. Die Anstrengungen in ungewohnter Höhenluft. Die starken Gefühle von Gefahr und Angst in steil abfallendem Gelände. Die ehrfurchteinflössende Landschaft des Alpsteins, diesem Gebirge im Kleinformat. Und nicht zuletzt die Gespräche über Freiheit mit den Appenzeller Urgesteinen. Ihnen zu Ehren wollte Wagner sein Werk ausdrücklich Appenzeller Freiheitsmarsch nennen.

Nur in den Aufzeichnungen des Theodor von Muotathal ist die Fortsetzung der Geschichte enthalten. Wagner selbst hat sie nie aufgeschrieben, sondern sie nur einmal bei der Überreichung des Kästchens mit seinem Brief und der Partitur erzählt.

Demnach hatte er schnell die Sprengkraft seines Werkes erkannt. Die ganzen Freiheitsbewegungen in der Mitte des 19. Jahrhunderts waren, abgesehen von der Schweiz, gescheitert, es herrschten wieder die alten aristokratischen Mächte. Mit diesen wollte und konnte es Wagner nicht verderben, jemand musste seinen hochgradig aufwendigen Lebensstil ja finanzieren. Diese

Leute hätten einen Freiheitsmarsch als Affront empfunden, zumal einen so wirksamen.

Wagner liess die Partitur also liegen und entfernte später auch seinen Brief über deren Entstehung an Ehefrau Minna aus der mittlerweile sorgfältig gebundenen Sammlung aller Briefe. Er wollte mit der Veröffentlichung warten, bis die Zeiten freiheitlichen Ideen gegenüber wieder besser gestimmt waren.

Doch diese Zeiten kamen nicht. Stattdessen wuchs Wagners Abhängigkeit von adeligen Finanzspritzen. Im Jahre 1864 erschloss er eine besonders ergiebige Quelle: König Ludwig II von Bayern, der Kini, der Neuschwanstein baute und Wagner nicht nur zum Lieblingskomponisten erkor, sondern auch zum väterlichen Freund, den er ein Leben lang grosszügig mit Mitteln aus seiner Schatulle versorgte.

Ebendieser König Ludwig kam am 22. Mai 1866 überraschend zu Besuch bei Richard Wagner auf Tribschen. In einem Anflug von gefühlsmässigem Überschwang liess Wagner sich dazu hinreissen, dem König in einer geheimen Session die Klavierversion des Freiheitsmarschs vorzuspielen. Dieser war zu Tränen gerührt, bat Wagner jedoch inständig, auch künftig auf eine Veröffentlichung zu verzichten. Um diesem Wunsch Nachdruck zu verleihen, setzte er eine deutliche Erhöhung von Wagners Bezügen aus der königlichen Kasse ein.

Wenn, so der König, das Volk diesen Freiheitsmarsch hören würde, und auch noch in einer vollen Orchesterfassung, würde es unweigerlich von einem solchen Freiheitsdrang erfasst werden, dass er, der König, hinweggefegt und die Republik eingeführt würde. Das könne der Meister, bei allem Respekt, nicht wirklich wollen.

Wagner liess sich überzeugen. Vernichten wollte er sein Werk allerdings auch nicht, und so kam er auf die Lösung, es in der Schweiz zu lassen, als er diese Richtung Bayreuth verliess, und es treuen Händen anzuvertrauen. Verbunden mit der Bitte, das Kästchen mit Brief und Partitur so lange jeweils an die nächste Generation weiterzugeben, bis die Zeit für eine öffentliche Aufführung reif geworden sei.

Genau so geschah es denn auch. Theodor von Muotathal reichte das Kästchen, das jetzt auch seine Aufzeichnungen enthielt, seinem ältesten Sohn weiter, und dieser wieder seinem Erstgeborenen. In der ganzen Kette der Generationen war nie jemand ernsthaft auf die Idee gekommen, den Freiheitsmarsch zu veröffentlichen. In den beiden Weltkriegen waren deutsche Helden nicht eben beliebt. Nach dem Zweiten Weltkrieg erhielt das Bild von Richard Wagner zunehmend dunkle Flecken. Er galt zwar nach wie vor als begnadeter Musiker, doch zunehmend auch als äusserst problematischer Mensch mit üblem antisemitischem Gedankengut. Da hätte es der Ehre der von Muotathal geschadet, mit einem solchen Typen in Verbindung gebracht zu werden.

Alle Besitzer des Kästchens waren Geheimnisträger, niemand sonst in der Familie wusste davon. Das trug in Fredys Einschätzung dazu bei, dass keiner in der Reihe der Kästchenbesitzer die Verantwortung für eine Publikation des Freiheitsmarschs übernehmen wollte. Man war sich gewohnt, wichtige Entscheidungen im Familienkreis zu treffen, einsame Sologänge waren nicht vorgesehen.

Fredys Tante Minna war das einzige Kind ihres Vaters, des vorerst letzten Besitzers des Kästchens. Ihr Vorname war Ausdruck eines speziellen Verhältnisses der Familie von Muotathal zu Richard Wagner. Man verehrte zwar über die Generationen hinweg den Meister und sein Werk glühend, war jedoch zu dessen zweiter Frau Cosima kritisch eingestellt. Deshalb erhielt Minna den Vornamen von Wagners erster Ehefrau. Solche Zeichen waren in der Familie wichtig. Theodor von Muotathal war zum Beispiel überzeugt davon, er hätte sich das Vertrauen Wagners auch dadurch verdient, dass er denselben Vornamen trug wie dessen alter Freund Uhlig, sein absturzgefährdeter Gefährte von der Tour auf den Säntisgipfel.

Minna von Muotathal jedenfalls hatte das Kästchen von ihrem Vater empfangen, was diesem nicht leichtfiel, musste man sich doch in der traditionsbewussten Familie derer von Muotathal erst mal an den Gedanken gewöhnen, ein Traditionsbewahrer und

Geheimnisträger könne auch weiblichen Geschlechts sein. Sie selbst war kinderlos geblieben. Und stand damit vor der Frage, wem sie das Kästchen mit den darin bewahrten Geheimnissen weiterreichen solle.

Tante Minna war bei allem weltoffenen Geist immer eine kirchentreue Katholikin geblieben. Besonders intensive Beziehungen pflegte sie zum Kloster Wonnenstein, das sie auch finanziell grosszügig unterstützte. Es lag für sie deshalb nahe, das Kästchen der dortigen Mutter Oberin anzuvertrauen, verbunden mit dem Auftrag, es derjenigen Person auszuhändigen, die von ihr, Minna von Muotathal, autorisiert worden war. Um zu verhindern, dass die Nonnen oder die Oberin der Sünde Neugier zum Opfer fallen könnten, behielt sie den Schlüssel zum Kästchen bei sich.

Das alles erzählte Minna Fredy anlässlich dessen Besuchs bei ihr in der Seniorenresidenz. Und dass sie sich entschlossen hätte, ihn, Fredy, als künftigen Besitzer des Kästchens einzusetzen. Allerdings, wie es sich gehört, erst nach ihrem Ableben. Mit dieser Lösung bleibe alles in der Familie. Sie traue Fredy auch zu, verantwortungsvoll über eine allfällige Auflösung des Geheimnisses zu entscheiden. Zur Besiegelung ihres Bundes überreichte sie Fredy Fotokopien der Aufzeichnungen ihres Urahns und des Briefs von Richard Wagner, nicht jedoch von der Partitur. Diese habe sie nie gesehen, eine eigenartige Scheu hätte sie immer zurückgehalten.

Kurze Zeit später war sie gestorben. Einige Wochen danach wurde Fredy zur Testamentseröffnung gebeten. Dort erhielt er einen Brief Minnas an die Oberin und einen kleinen Schlüssel. Den Rest ihres immer noch beträchtlichen Vermögens hatte sie wohltätigen Organisationen vermacht.

Fredy grämte sich darüber nicht lange. Immerhin würde er bald im Besitz eines echten Schatzes sein. Die Entdeckung eines unbekannten und offenbar genialen Werks von Richard Wagner, samt dazugehöriger Entstehungsgeschichte in einer Originalhandschrift, würde eine Sensation sein, gerade im allseits gefeierten Wagnerjahr. Zweifelsfrei wären interessierte Kreise bereit, für diese Dokumente eine Summe zu bezahlen, die das entgangene Erbe von Tante Minna wenigstens zu einem guten Teil wettmachen würde.

So sinnierte Fredy in seinen letzten Aufzeichnungen, die vom 1. August stammten, seinem Todestag. Er merkte an, ohnehin sei die Zeit reif für den Freiheitsmarsch, und die Fünfhundertjahrfeier Appenzells sei ein guter Anlass dafür, dass der Appenzeller Freiheitsmarsch endlich das Licht der Welt erblicke. Ja, spekulierte er weiter, diese Feier würde durch den Sensationsfund noch einmal enorm aufgewertet. Und überhaupt hätte die weltweite Wagnergemeinde ein Anrecht darauf, endlich Wagners Geniestreich kennenzulernen.

Es gab nach Fredys eigener Ansicht genügend Gründe von allgemeinem Interesse dafür, dass er sich sofort um die Vermarktung seines bald zu erwartenden Erbes kümmerte. Dass zu diesen hehren Interessen auch ganz persönliche kamen, sprudelnde Einnahmen etwa oder ein gesteigertes Renommee, nahm er als angenehme Nebenwirkung gerne in Kauf.

Was sollten da Werte wie Rücksicht auf die Familientradition oder gar -ehre? Tante Minna hatte gewusst, was sie tat – oder auch nicht, das war egal. Jetzt lag das Schicksal der geheimen Dokumente in seinen Händen. Er hatte die Freiheit, mit dem Freiheitsmarsch zu tun, was er für richtig hielt.

In einem Punkt hielt sich Fredy an die Familientradition. Es hatte dort schon immer zum guten Ton gehört, Mitglied der Richard-Wagner-Gesellschaft in Bayreuth zu sein, Tante Minna hatte da keine Ausnahme gemacht. Fredy selbst konnte sich die Mitgliederbeiträge nicht leisten und blieb deshalb, wiewohl überzeugter Wagnerianer, bei diesem Club aussen vor. Dennoch war es für ihn selbstverständlich, die Dokumente nicht auf dem freien Markt dem Meistbietenden zu verkaufen, sondern zunächst ein Angebot der Wagnergesellschaft einzuholen.

In einem Mail hatte er die Existenz der Dokumente enthüllt und eine kurze Zusammenfassung der ihm vorliegenden und längst eingescannten Kopien geliefert. Die Richard-Wagner-Gesellschaft hatte prompt reagiert und eindeutiges Interesse angemeldet. Über konkrete Kaufsummen könne man natürlich erst reden, wenn mindestens gute Kopien aller drei Dokumente vorlägen.

Fredy hatte in seiner Antwort angekündigt, am 2. August könne er das Gewünschte liefern. Da war er allerdings schon tot. Ob er vor seinem Abgang das Kästchen noch in seinen Besitz bringen konnte, liess sich aus seinen Notizen nicht mehr ermitteln. Vieles sprach dafür. Fredys letzte Notiz, angefertigt am Nachmittag des 1. August, lautete nämlich, er mache sich jetzt auf den Weg zum Kloster Wonnenstein.

***

Adelina und ich schauten uns an und dachten das Gleiche. Es gab nur einen Weg, das herauszufinden. Wir mussten uns vor Ort selbst erkunden. Die Polizei einzuschalten, schien uns verfrüht. Noch wussten wir nicht, ob sich aus der Geschichte ein Mordmotiv ergeben würde. Und wir hatten von der Richard-Wagner-Gesellschaft einen Deal angeboten bekommen, der platzen müsste, wenn die Polizei und damit die Öffentlichkeit von den Funden erfahren würden. Nein, wir mussten schon selbst ran.

Adelina hatte flink wie immer den Wikipedia-Eintrag zum Kloster Wonnenstein auf den Bildschirm gezaubert.

Das Kloster Wonnenstein, auch genannt Kloster Mariä Rosengarten, ist ein Kapuzinerinnenkloster, das als innerrhodische Exklave im Gebiet der Gemeinde Teufen (Kanton Appenzell Ausserrhoden) liegt. Es wurde 1379 als Beginenkloster gegründet und nahm um 1590 die Kapuzinerinnenreform an. Nach der 1597 erfolgten Appenzeller Landteilung war die territoriale Zugehörigkeit Wonnensteins umstritten, bis 1870 ein Bundesbeschluss festlegte, dass alles Gebiet innerhalb der Klostermauern zu Appenzell Innerrhoden gehöre. Dort ist es der Gemeinde Schlatt-Haslen zugeordnet. Ein Neubau des Klosters und der Kirche erfolgte 1687.

Da waren sie wieder, diese seltsamen territorialen Folgen der Landesteilung. Noch etwas stach uns sofort ins Auge, der Zweitname des Klosters. Nicht mit einem, aber mit einer Rosengarten hatten wir es bei unserem letzten Fall zu tun gehabt, an den dieser so nahtlos angeschlossen hat.

Nachdem ich noch ein müdes Witzchen darüber losgelassen hatte, dass Wonnenstein für keusche Nonnen ein nicht eben passender Wohnort sei, übernahm Adelina die Initiative und rief kurzerhand die Mutter Oberin von Wonnenstein an. Sie selbst hatte vor einiger Zeit selbst in einem polnischen Kapuzinerinnenkloster Zuflucht gesucht, wo ihre Tante als Nonne lebte, und dort zu sich gefunden. Raffiniert auf dieser Erfahrung aufbauend, verwickelte sie die Vorsteherin von Kloster Wonnenstein bald in einen angeregten Dialog.

So viel weiblicher List hätte es gar nicht bedurft, um der Oberin die gewünschte Information zu entlocken. Diese gestand eine heimliche Schwäche für Kriminalgeschichten. Von unseren Fällen hatte sie alles gelesen, was es dazu zu lesen gab, und es war für sie deshalb eine Selbstverständlichkeit, uns bei der Lösung des aktuellen Falls zu helfen.

Ja, Ferdinand von Muotathal war am späten Nachmittag des 1. August nach entsprechend formvollendeter Voranmeldung im Kloster aufgetaucht. Er hatte sich ordentlich ausgewiesen und das Schreiben seiner Tante an das Kloster vorgezeigt. Da es nicht den geringsten Grund gab, an dessen Echtheit zu zweifeln, war ihm das Kästchen anstandslos ausgeliefert worden. Zum Abschluss hatte er noch angekündigt, das Kästchen jetzt an einem sicheren Ort in seinem Haus oberhalb von Trogen unterzubringen und dann zur Bundesfeier auf die Hohe Buche zu gehen. Am nächsten Morgen wollte er dann als Erstes gute Scans von allen Dokumenten machen.

Adelina verabschiedete sich dankend, nicht ohne versprochen zu haben, bald einmal im Kloster selbst vorbeizuschauen.

Dann besprachen wir unseren Erkenntnisstand und die dazugehörigen Schlussfolgerungen.

Wenn Fredy seine Ankündigungen wahr gemacht hatte, waren die Originale der geheimen Wagnerdokumente endgültig verloren. Nichts aus Holz und Papier hatte dem Feuer widerstanden, und einen feuerfesten Tresor hatte es nicht gegeben. Von der Partitur des Appenzeller Freiheitsmarschs gab es keine digitale Kopie. Auf dieses Meisterstück würde die Welt endgültig verzichten müssen.

Anders sah es mit der dazugehörigen Geschichte aus. Vom Brief Wagners und von den Aufzeichnungen des Theodor von Muotathal gab es digitale Kopien. Und wir hatten als Einzige den Zugang dazu. Ob die beiden Dokumente auch ohne Originale und ohne Freiheitsmarsch etwas wert waren, wussten wir nicht. Doch wir konnten es herausfinden.

Wir sandten die beiden Dokumente an den Vorsitzenden der Richard-Wagner-Gesellschaft in Bayreuth. Er antwortete nach etwa zwei Stunden. An der Echtheit des Wagnerbriefs gebe es kaum Zweifel. Auf der alten Fotokopie waren die Ränder des Briefs sichtbar, und auf der linken Längsseite waren diese Ränder unregelmässig so gezackt, wie es aussieht, wenn man ein Blatt aus einem gebundenen Buch herausreisst.

Das war uns noch gar nicht aufgefallen, erst bei nochmaliger Betrachtung des vergrösserten Briefs sahen wir es. Der Vorsitzende jedenfalls war sofort ins Haus Wahnfried geeilt, in das Wagnermuseum in Bayreuth also, wo die gebundene Sammlung der Briefe an Minna aufbewahrt wurde. In Fachkreisen war längst bekannt, dass es in diesem Buch Spuren einer herausgerissenen Seite gab, doch niemand hatte bisher eine Ahnung gehabt, wo dieser fehlende Brief abgeblieben war, geschweige denn, was darin stand.

Ein erster Augenschein, so der Vorsitzende, habe schnell gezeigt, dass die Reissspuren zusammenpassten. Es würde noch vertiefte Expertisen brauchen, doch er könne uns schon jetzt ein Angebot machen. Wenn wir alle Rechte an die Gesellschaft abträten, würde er die Herkunftsquelle der Dokumente geheim halten, um uns unnötige Schwulitäten, wie er sich ausdrückte, zu ersparen. Zudem bot er eine beträchtliche Geldsumme an, offiziell, um uns für unsere Umtriebe zu entschädigen.

Das Angebot war zu verlockend, um es abzulehnen. Wir würden also wieder einmal ein kleines Geheimnis vor Karl und seiner Polizei haben. Und doch noch eine angemessene Entschädigung für unseren Ermittlungsaufwand.

Dass die Polizei nichts von unserem Fund erfuhr, machte uns kein schlechtes Gewissen. Die ganze Geschichte darum herum war zwar spannend und dramatisch, doch ein Motiv für den Anschlag auf Fredy ergab sie nicht. Sicher, der Appenzeller Freiheitsmarsch und seine Entstehungsgeschichte wären von grosser kulturhistorischer Bedeutung für die Geschichte von Richard Wagner und des Appenzellerlandes gewesen, und die Originale hätten viel Geld einbringen können. Doch nur die Richard-Wagner-Gesellschaft hatte von deren Existenz gewusst, und die verfügte dank finanzkräftiger Gönner über genügend Mittel, um sie regulär ankaufen zu können.

Theoretisch wäre es natürlich möglich gewesen, dass ein Dritter von Fredys geheimen Schätzen erfahren hätte, sei es durch ein unbedarftes Wort oder durch einen Hackerangriff, man hat da schon einiges erlebt. Nur: Wer zündet ein Haus an, aus dem er Papiere klauen will? Wenn schon bricht man ein, erschlägt notfalls den Hausbewohner und zündet das Haus erst an, um alle Spuren zu verwischen, wenn man das Gesuchte gefunden hat. Fredy aber war nachweislich erst deutlich nach dem Brandausbruch erschlagen worden, sei es zufällig oder absichtlich.

Nein, das alles ergab keinen Sinn. Dass Fredy ausgerechnet am Tag vor seinem grossen Durchbruch ums Leben gekommen war, bildete nichts als ein weiteres Glied in einer Verkettung unglücklicher Umstände. Genauso wie der äusserst bedauerliche Umstand, dass es nun nie zur Uraufführung von Wagners Appenzeller Freiheitsmarsch im Appenzeller Jubiläumsjahr kommen wird.

So gerne Adelina und ich das anders gesehen hätten: Mit dem Brandanschlag auf Fredys Haus und seinem Tod hatte diese Geschichte nichts zu tun.

Das Rätsel

Samstag, 14. Dezember

Als um acht Uhr morgens das angekündigte Mail mit dem Rätsel eintraf, das uns zum Tatverdächtigen führen sollte, fand es uns einigermassen wach vor. Wenn ich im Laufe eines langen Lebens eines gelernt habe, dann ist es das, dass es keinen Sinn macht, mich gegen meine biologische Veranlagung zu stemmen. Und die ist nun mal jene eines Spätstarters. Bis Körper und Gehirn des Morgens warmgelaufen sind, dauert es bei mir seine Zeit und seine Kaffees. Deshalb war ich rechtzeitig aufgestanden, und Adelina, die schneller wach wird, hatte sich mir angeschlossen.

Diese Umsicht hatte sich gelohnt, forderte uns das Mail doch auf, sofort zur Sache zu gehen. Das war ganz in meinem Sinne. Je eher das Rätsel gelöst würde, desto schneller würde sich der vermeintliche Täter stellen – wenn er denn sein Versprechen einhielt. Dadurch stieg die Chance, dass der Fall noch vor dem offiziellen Abschluss der Jubiläumsfeierlichkeiten am 17. Dezember gelöst werden könnte. Und dass ich als Ghostwriter etwas Gescheites dazu würde schreiben können.

Das Mail begann mit einem Zitat von Johann Gottfried Ebel: *Allein Appenzell hat das Glück, dass die übrigen Schweizer es für das Gelobte Land in Helvetien halten.* Dann schilderte der oder die Unbekannte in groben Zügen unsere Aufgabe. Am Schluss sei ein einziges, präzises Lösungswort gefragt. Bis dahin hätten wir einige Zwischenetappen zu absolvieren. Dabei ginge es nicht um richtig oder falsch, sondern um die Richtung, die unsere Gedanken und Assoziationen einschlügen. Wenn diese Richtung sich als richtig erwiese, bekämen wir jeweils eine konkrete Frage, die sich leicht beantworten liesse.

Als Kommunikationsmedium seien künftig ausschliesslich SMS vorgesehen, es werde uns dafür eine Handynummer mitgeteilt, die, so die warnende Beifügung, nichts zur Identifizierung des Besitzers oder der Besitzerin beitragen könne. Falls wir alle

Hürden überwinden würden, folge am Schluss der Hinweis auf einen Gegenstand, oder besser auf zwei, der uns das benötigte abschliessende Lösungswort liefern könne.

Den thematischen roten Faden bilde das Verhältnis der beiden Appenzeller Halbkantone zueinander sowie ihre Gemeinsamkeiten und Unterschiede. Deshalb solle die Schnitzeljagd auch in den beiden Hauptorten von Innerrhoden und Ausserrhoden beginnen, in Appenzell und Herisau. Für alle Fälle sollten wir uns für eine leichte Winterwanderung ausrüsten. Es wurde empfohlen, wir sollten uns für die Verfolgung der beiden Stränge der Schnitzeljagd aufteilen, das sei schneller und effizienter. Das Mail endete mit der Aufforderung, nach dem Eintreffen in den beiden Orten erste Assoziationen dazu per SMS mitzuteilen.

Das mit dem Aufteilen war ein herber Schlag. Adelina und ich hatten uns darauf gefreut, endlich wieder mal Zeit füreinander zu haben. Doch die Lösung des Falls ging nun mal vor, und für ein gemeinsames gemächliches Abschreiten der beiden Suchpfade hatten wir keine Zeit. Rasch waren wir uns auch einig über die Aufteilung. Die Chance, dass wir im jeweiligen weniger vertrauten Biotop mehr sahen als im gewohnten, wollten wir nutzen. Deshalb würde die katholisch geprägte Adelina im reformierten Appenzell Ausserrhoden bleiben, während ich, der zwar längst nicht mehr reformiert ist, aber doch immer noch so geprägt, mich im katholischen Innerrhoden umsehen würde.

An einem Samstagvormittag, an dem das Angebot des öffentlichen Verkehrs verglichen mit einem Werktag merklich ausgedünnt ist, per Bus und Bahn von Wald nach Herisau oder Appenzell zu kommen, ist gar nicht so einfach. Wir schafften es, nachdem wir uns wie empfohlen ausgerüstet hatten, im Kaien um kurz nach neun das Postauto nach Trogen zu erwischen, wo wir per Appenzeller Bahnen Anschluss nach St. Gallen hatten. Direkte Verbindungen des öffentlichen Verkehrs quer durch Appenzell gibt es nicht, wer aus dem Appenzeller Vorderland in einen der beiden Hauptorte reisen will, muss den Umweg über den Nachbarkanton St. Gallen und dessen gleichnamige Hauptstadt nehmen.

In St. Gallen trennten sich unsere Wege. Adelina brauchte von da aus nur noch eine zehnminütige Bahnfahrt bis Herisau, auf mich dagegen warteten noch vierzig Fahrminuten mit dem gemütlich durch das Appenzellerland tickernden roten Bähnchen nach Appenzell. Wir vereinbarten noch, dass wir uns nach einem ersten Rundgang telefonisch austauschen wollten, um unsere Assoziationen zu einem gemeinsamen Statement bündeln zu können. Dann verabschiedeten wir uns mit einem dicken Kuss.

Adelina hatte für ihren Rundgang mehr Zeit, die sie auch brauchte, immerhin ist Herisau einiges grösser als Appenzell. Es gibt zwar zwanzig Gemeinden in Appenzell Ausserrhoden, doch in Herisau lebt fast ein Drittel der Kantonsbevölkerung. Solche und ähnliche Fakten hatte Adelina schon auf der Anreise herausgefunden, ebenso wie die Geschichte, dass der Vorschlag eines früheren Gemeindepräsidenten, Herisau zur Alpenstadt zu erklären, auf wenig Gegenliebe gestossen war. Man hatte zwar die nötige Einwohnerzahl, ab der man sich in der Schweiz offiziell Stadt nennen darf, längst überschritten, doch als Stadt wollte man sich deswegen in Herisau noch lange nicht empfinden oder gar bezeichnen.

Ich konnte es mir nicht verkneifen, Adelinas Bericht noch um einige Punkte zu ergänzen. Herisau war zwar eindeutig die dominierende Gemeinde im Kanton, die meisten Zentrumsfunktionen waren dort angesiedelt. Faktisch war Herisau also der Hauptort von Appenzell Ausserrhoden, doch in der Verfassung war das, anders als in den anderen Kantonen, nicht geregelt. Eifersüchtig wachten die übrigen neunzehn Gemeinden darüber, dass Herisau nicht zu mächtig wurde. Und lieben taten sie ihren Hauptort schon gar nicht. Aus der Perspektive etwa des Vorderlands lag Herisau unendlich weit weg, und von dort kamen höchstens Vorschriften, welche die eigenen Spielräume ungebührlich einengten. Das schien dazu zu führen, dass sich Herisau immer etwas wegduckte und das eigene Licht unter den Scheffel stellte.

Ich liess Adelina über ihre subjektiven Eindrücke berichten. Sie erzählte von seltsam zwiespältigen Empfindungen. Der Ort sei weder Fisch noch Vogel, weder Dorf noch Stadt, weder schön noch hässlich. Sie war bei ihrem Rundgang auf hübsche Häuser und Strassenteile gestossen, hatte auch unerwartete Funde wie einen versteckt gelegenen kleinen Rosengarten gemacht, der im Sommer sicher einen lauschigen Aufenthaltsort bieten würde, aber auch vergammelte Ecken und hässliche Neubauten gesehen. Der zum Zentrum gewordene Obstmarkt sei ein schönes Beispiel für diesen Zwiespalt. Auf der einen Seite wird er von harmonischen älteren Bauten wie der Kirche und dem Rathaus begrenzt, auf der anderen aber von einem monströsen Neubau.

Der Ort Appenzell, berichtete ich meinerseits, sei bei näherer Betrachtung gar nicht so anders. Wohl gibt es die berühmte Hauptgasse mit den prächtig bemalten Häusern und dem abschliessenden Landsgemeindeplatz, durch die Heerscharen von Touristen pilgern, doch darum herum ist auch Appenzell nichts Besonderes. Das sieht man am besten, wenn man mit Bahn oder Auto vom Sammelplatz Richtung Appenzell hinunterfährt. Aus dieser Perspektive breitet sich da in einer grösseren Talsenke ein Siedlungsbrei aus, von dem niemand vermuten würde, dass sich in seinem Kern eine touristische Attraktion verbirgt.

Unser Austausch wurde jetzt spannend. Warum, so fragten wir uns, zieht es alle Touristen nach Appenzell, obwohl es in Herisau insgesamt nicht weniger Sehenswertes gibt? Obwohl sich beide Gemeinden von aussen gesehen ähneln, aus der Vogelperspektive ziemlich gleich aussehen, gleich übrigens wie die meisten Dörfer und Kleinstädte in Mitteleuropa, nichts Besonderes, Schönes und weniger Schönes in sich vereinigend. Wie in Appenzell gibt es auch in Herisau Häuser mit schön bemalten Holzfassaden, doch niemand nimmt Notiz von ihnen.

Die einen, spekulierten wir, konnten ihr Produkt offenbar besser vermarkten als die anderen. Und sie hatten die besseren Voraussetzungen dafür. Herisau ist gleichsam eine städtische Vorgemeinde der Stadt St. Gallen. Appenzell dagegen liegt mitten in der grünen Hügellandschaft, die typisch ist für das Appenzellerland, und erst noch viel näher beim Alpstein, der diese Landschaft als krönender Abschluss entscheidend prägt. Zudem ist Appenzell Namensträger der ganzen Gegend und beansprucht damit automatisch eine Sonderrolle. Dabei spielte Herisau in den Zeiten des ungeteilten Landes Appenzell eine mindestens so grosse Rolle wie Appenzell.

Adelina und ich einigten uns darauf, dass Herisau und Appenzell bei einem Blick auf das grosse Ganze für uns überraschend ähnlich waren. Erst bei näherer Betrachtung zeigten sich Unterschiede, die jedoch ebenfalls nicht grundsätzlicher Natur waren, sondern zu einem schönen Teil auf historischen Zufällen basierten. Wir fanden für diese Eindrücke die Formulierung «nach aussen gleich, im Inneren unterschiedlich». Adelina, die flinkere Finger hatte, teilte diese Formulierung dem unbekannten Rätselsteller per SMS mit.

Dieser schien daran Gefallen zu finden. Umgehend kam als Antwort eine konkrete Frage: «Welches Haus des Mammons entspricht diesem Grundsatz?»

Wieder tauschten Adelina und ich uns per Handy aus. Mit einem Haus des Mammons konnte nur eine Bank gemeint sein, die an beiden Orten vertreten war. Um die Kantonalbanken konnte es dabei nicht gehen. Innerrhoden hat noch eine, die ganz erfolgreich operiert. Ausserrhoden hatte seine dagegen nach üblen Fehlspekulationen verkaufen müssen, sie war längst in der Grossbank UBS aufgegangen. Eine Filiale dieser Grossbank gab es zwar an beiden Orten, doch die waren nicht nur nach aussen gleich, sondern auch nach innen.

Für des Rätsels Lösung gab es nur eine Kandidatin: Raiffeisen. Deren einzelne örtliche Banken treten zwar unter einem gemeinsamen Dach auf und sehen deshalb nach aussen gleich aus. Doch jede Raiffeisenbank verfügt über ein grosses Mass an Autonomie, ist sie doch als örtliche Genossenschaft mit eigenen Entscheidungsorganen organisiert, weil, so die Philosophie, die besten Entscheidungen von Leuten getroffen werden, die mit den Gegebenheiten vor Ort vertraut sind. Im Inneren sind die Raiffeisenbanken also durchaus unterschiedlich.

Mister oder Miss X taxierte unsere Antwort als richtig. Und stellte gleich die nächste Aufgabe. Nach der Optik war jetzt die

Akustik dran. Wir sollten uns Gedanken über «typisch appenzellische Klänge» machen.

Zunächst waren wir beim telefonischen Gedankenaustausch etwas ratlos. Typisch appenzellische Klänge? Kuhglocken vielleicht? Doch diese klingen anderswo auch nicht anders. Dasselbe gilt für andere Alltagsklänge. Der typisch appenzellische Klang von Auto- oder Traktorenlärm existiert nicht.

Es konnte also nur um Musik gehen. Es gibt zwar als Appenzeller Volksmusik verkaufte Klänge, etwa von Streichern oder Hackbrettspielern, doch um darin etwas für das Appenzellerland Einzigartiges zu entdecken, braucht es mehr als das Ohr eines Laien. Nein, es konnte nur eines gemeint sein: der Ostschweizer Naturjodel.

Das war meine Meinung, der sich Adelina zähneknirschend anschliessen musste. Sie kannte diesen Gesang, der in Ausserrhoden als «Zäuerli» und in Innerrhoden als «Rugguuseli» (oder auch «Rugguserli») bezeichnet wird, hatte ihm jedoch nie viel abgewinnen können. Trotzdem beschaffte sie sich jetzt im Internet einige Informationen zu dieser speziellen Musikgattung und las sie mir am Handy vor. Die ersten Ausführungen waren eher technischer Natur.

Naturjodel: Die menschliche Stimme führt mit Jauchzern und geeigneten Silben von der Sprache zum Gesang; Freudenjauchzer ergaben aneinandergehängt eine einfache Jodelmelodie. Das «he-ele» (Jodelsilben von hoher bis tiefer Lage stringent aneinandergereiht), der Löckler sowie der Kuhreihen dürfen als Basis für den Naturjodel angesehen werden. In der Schweiz gibt es gegenwärtig drei Grossregionen, wo der Naturjodel gepflegt wird: Berner Oberland und Emmental, Innerschweiz, Appenzell und Toggenburg.

Als Naturjodel wird das textlose Singen mit klingenden Silben ohne Wortbedeutung bezeichnet, wobei der Vorsänger – der Solojodler – meist die Vokale A, U, I, OA, offenes und geschlossenes O in Verbindung mit Konsonanten benützt, so beispielsweise «jo-duja-duli-hoo-a». Charakteristisch für die erste Stimme ist der schnelle Wechsel von der

Brust- in die Kopfstimme (Falsett) und umgekehrt, was als Kehlkopfschlag bezeichnet wird.

Mehrstimmigkeit: Die Melodie des Vorsängers wird gestützt durch eine improvisierte Mehrstimmigkeit von drei bis zwanzig Sängern, die «Graadhäbe» genannt wird. Diese Begleitstimmen erklingen meist auf der Lautung A, AO, offenes und geschlossenes O. Nach erster und zweiter Stimme setzen alle Begleitstimmen gemeinsam ein, gesungen wird nach Gehör und Gefühl. Die Kunst beim «Graadhäbe» ist es, dass ein ausgehaltener Begleitakkord nie abbricht, sondern durch wechselseitiges Luftholen der einzelnen Sänger durchgehend ist.

Etwas gefühlsbetonter war das zweite Zitat:

In der angeborenen Natürlichkeit und Einfachheit des Menschen und in seiner Liebe zur Heimat sehe ich die Entstehung des Naturjodels. Weltweit sind Ursprünge dieser musikalischen Ausdrucksart auszumachen, welche ebenfalls solche Rückschlüsse zulassen. Auch der echte, ungeschriebene Naturjodel in der Ostschweiz, mit «Heimatscheinen» der Kantone Appenzell Ausserrhoden, Appenzell Innerrhoden und St. Gallen (Toggenburg), unterstützt diese Hypothese.

Das Gehör und die Stimme sind in unserem Naturjodel das A und das O. Die Stimme gibt das her, was das Auge sieht und das Herz empfindet. Im Naturjodel wird «ein Bild» gemalt, ein Gefühl ausgedrückt und dieses Empfinden ohne Worte – in bestimmter Tonfolge, dynamisch und rhythmisch gestaltet – wiedergegeben. Der mehrstimmige Gesang ohne Worte ist in seiner Natürlichkeit kaum zu übertreffen. Der Vorjodler beginnt seinen Jodel, ein zweiter Jodler «fährt nach» – das heisst, er interpretiert frei eine harmonisch passende zweite Hochstimme dazu. Erst dann setzt der Chor mit mehrstimmigen Tenor- und Bassbegleitmelodien ein und gibt dem Naturjodel die gewisse Fülle.

Adelina fasste anschliessend zusammen, was ihr an dieser Art des Gesangs nicht gefiel. Er war ihr schlicht zu melancholisch, zu schwermütig. Sie hörte darin immer eine depressive Note und fand, diese passe leider gut zu einer bestimmten Eigenschaft des

Appenzeller Gemüts. Eine andere Ausdrucksform davon sei die hohe Selbstmordrate im Appenzellerland.

Bei dieser Tatsache musste ich ihr recht geben. Appenzell Ausserrhoden weist innerhalb der Schweiz beim Vergleich der Kantone seit Jahren mit Abstand die höchste Suizidrate auf. Und Innerrhoden folgt bei allen einschlägigen Statistiken nicht weit dahinter. Das Appenzeller Gemüt scheint eine dunkle Seite aufzuweisen.

Und doch: Ich höre in diesem Naturjodel nicht nur diese unbestreitbar vorhandene schwermütige Seite, sondern auch viel innere Kraft und Stärke, einen Willen, mit den widrigen Seiten des Daseins aus einer Position der inneren Ruhe umzugehen. Auch Melancholie kann ihre kraftvolle Seite haben, und das höre ich in diesem Naturjodel.

Wir stritten uns eine Weile über diese unterschiedliche Art der Wahrnehmung, mussten jedoch feststellen, dass es darum bei unserer Aufgabe wohl kaum ginge. Wir erinnerten uns an deren roten Faden: Gemeinsamkeiten und Unterschiede zwischen den beiden Halbkantonen wahrnehmen. Der augenfälligste Unterschied bestand in diesem Fall in den verschiedenen Bezeichnungen für Naturjodel. Als pikante Note kam hinzu, dass es diesen Ostschweizer Naturjodel nicht nur in beiden Appenzell gibt, sondern auch im Toggenburg, das zum Nachbarkanton St. Gallen gehört, wo dieselbe Musik als «Johle» bezeichnet wird.

Diesen interessanten Seitenpfad verliessen wir rasch wieder. Spannender war die Frage, ob es neben den unterschiedlichen Namen auch sonst Unterschiede zwischen Innerrhödler und Ausserrhödler Naturjodel gibt. Ich hatte zum Glück einige Beispiele auf meinem iPhone und konnte mir die Sache anhören, während Adelina im Netz recherchierte. Für sie klang alles ohnehin gleich.

Beide Methoden führten zum selben Ergebnis: Klangliche Unterschiede waren nur von Spezialisten auszumachen. Selbst normale Appenzellerinnen und Appenzeller können nicht zwischen den Herkunftsarten unterscheiden. Es brauchte schon ein speziell talentiertes und geübtes Ohr, um die laut Expertenmeinung tatsächlich vorhandenen Differenzen wahrzunehmen.

Zusammengefasst lautete unsere Einschätzung: «Nach aussen gleich. Differenzierung nur im extremen Nahbereich möglich.»

Diese Schlussfolgerung teilten wir dem Rätselsteller mit. Wieder war er zufrieden und stellte eine konkrete Frage: «Was hat Roger Hodgson dazu gesagt?»

Mir sagte der Name etwas. Ich war mit «Supertramp», seiner früheren Band, gross geworden, und ich wusste, dass er im Juli dieses Jahres am Postplatz Openair in Appenzell aufgetreten war. Von einem damals geäusserten, besonders auffälligen Satz dagegen wusste ich nichts. Um diese Lücke zu füllen, wollten wir getrennt vorgehen. Adelina würde im Netz suchen, ich dagegen wollte Ohrenzeugen des Konzerts auftreiben, da ich schon mal in Appenzell war. In einem der Restaurants, in denen auch Einheimische verkehrten, würde ich schon fündig werden.

So geschah es auch, und zusammen mit Adelinas Recherchen, die zu einem Filmmitschnitt des Konzerts auf YouTube geführt hatten, ergab sich eine Geschichte, die zur Lösung führte.

Roger Hodgson hatte demnach bei einer kleinen Rede an das Publikum enthusiastisch geäussert, wie sehr er sich freue, heute Abend in Appenzell zu sein, und das notabene nach Auftritten in Städten wie Paris, Rom, London oder Berlin. Nirgendwo sei es so schön und das Publikum so gut gewesen wie in Appenzell. Ja, in Anlehnung an den berühmtesten Satz, der in Berlin je geäussert wurde, wolle er sagen …

An dieser Stelle war für ein paar Sekunden sein Mikrofon ausgefallen. Niemand im Publikum hatte den angekündigten Satz mitbekommen, und auch im Film liess er sich nicht rekonstruieren, obwohl Adelina ein paar technische Tricks angewendet hatte. Da das Konzert auch sonst eindrucksvoll war, kümmerte sich niemand um diese kleine Wahrnehmungslücke, die nur von ein paar Bühnenhilfskräften hätte gefüllt werden können, die damals zufällig in der Nähe von Hodgson standen.

Wir mussten den Satz also erraten. Das war nicht schwer. Der berühmteste Satz von Berlin, jedenfalls in den Ohren eines Amerikaners, war sicherlich jener von John F. Kennedy gewesen, der als amerikanischer Präsident mitten im Kalten Krieg den jubelnden Berlinern mitgeteilt hatte: «Isch biin än Bärliiner!» Abgewandelt konnte der Satz also nur lauten: «Isch biin än Appänzäller!»

War ja auch klar. Für jemanden, der von aussen kam, war Appenzell eine Einheit, die kleinen Unterschiede zwischen Inner- und Ausserrhoden gingen ihm so was von am Hintern vorbei. War es das, was uns der Rätselsteller klarmachen wollte? Jedenfalls akzeptierte er unsere Antwort als richtig.

Das Rätsel, das wir mittlerweile eher als eine Art Test empfanden, schien nicht vorgefertigt zu sein, denn jetzt nahm unser unbekannter Kommunikationspartner Bezug auf die Assoziationen zum Appenzeller Gemüt, die wir ihm zusätzlich zur Kurzformel über Appenzeller Klänge mitgeteilt hatten. Ganz direkt fragte er: «Welche Vorliebe für ein bestimmtes Element aus Malerei und Fotografie braucht man, um das Appenzellerland lieben zu können?»

Bei dieser Frage wurde ganz selbstverständlich vorausgesetzt, es gäbe so etwas wie ein gemeinsames Appenzeller Gemüt. Nach Unterschieden zwischen den beiden Teilen wurde hier nicht gefragt. Das Appenzellerland erschien als gemeinsames Ganzes. Seine Bewohnerinnen und Bewohner mussten gemeinsame Vorlieben haben. Aber welche?

Darüber entspann sich ein längeres Telefongespräch zwischen Adelina und mir. Ursprünglich, so wussten wir, war die Besiedlung dieses rauen Landstrichs kaum freiwillig erfolgt. Man zog aus lieblicheren Gefilden in die Höhe, weil es unten keinen Platz mehr für alle gab. Doch irgendwann mussten sich auch Gründe entwickelt haben, aus freien Stücken hierzubleiben oder gar von auswärts hierherzuziehen.

In von üppiger Fruchtbarkeit und bunter natürlicher Vielfalt gezeichneten Landstrichen mit einem angenehmen Klima ist es leicht zu bleiben. Von alledem ist im Appenzellerland wenig zu finden. Das Klima ist rau, ausser Gras und Bäumen gedeiht hier nichts von selbst, und von Üppigkeit kann keine Rede sein. Wie im Naturjodel ausgedrückt, ist das Leben hier oben hart und fördert einen melancholischen Grundzug. Es braucht schon zähe Widerstandskräfte, um dem Leben hier auch seine schönen Seiten abzuringen, geschenkt wird einem hier nichts, sieht man mal von den in den Augen der Einheimischen unübersehbaren Vorzügen des Landlebens ab.

Man muss, fanden Adelina und ich übereinstimmend, wenn auch mit unterschiedlicher Bewertung, genügsam sein, um ein solches Leben geniessen zu können, darf sich nicht über fehlende Üppigkeit und Vielfalt grämen, muss eine gewisse Vorliebe für Kargheit haben. Adelina beschied, für ganz sei das nicht ihr Ding, weshalb ihr ihre Stadtwohnung auch so wichtig sei. Ich dagegen drehte diese Einschätzung ins Positive und befand, in einer ländlichen Gegend wie dem Appenzellerland litte man sicher nicht an Reizüberflutung, und das sei für sensiblere Gemüter wie mich ein guter Grund, vorwiegend hier zu leben.

Dann kehrten wir zur Rätselfrage zurück, die jetzt ganz einfach zu lösen war. Ein Blick nach draussen genügte. Herisau und Umgebung waren schneefrei, die Landschaft präsentierte sich in einem fahl gewordenen Grün. Rund um Appenzell lag etwas Schnee, doch wenn man den Blick in die Höhe schweifen liess, präsentierte sich die Landschaft in einheitlichem Weiss. Tatsächlich, fanden wir heraus, ist die Farbgebung des Appenzellerlandes ziemlich einheitlich. Im Sommer grün, im Winter weiss. Eine solche einheitliche Farbgebung, wenn auch mit unterschiedlichen Schattierungen, nennt man in Malerei und Fotografie «monochrom». Wenn man das nicht mag, wenn man lieber eine bunte Vielfalt der Farben hat, statt sich an den feinen Differenzierungen des einen Farbtons zu freuen, wie etwa an den unterschiedlichen Grüntönen der Appenzeller Landschaft, dann fällt es schwer, sich hier wohlzufühlen.

«Monochrom» war auch diesmal die richtige Antwort. Doch statt eine neue Frage zu bekommen, wurden wir diesmal real auf eine Erkundungstour geschickt. Adelina sollte auf die Hohe Buche, jenen Hügel zwischen Trogen und Bühler, auf dem am Tag des Brandanschlags die gemeinsame Bundesfeier von fünf Gemeinden zum 1. August stattgefunden hatte, und ich sollte zum Seealpsee. In beiden Fällen bedeutete das eine kurze Bahnfahrt und dann einen Fussmarsch von einer halben bis zu einer knappen Stunde. Wir würden also jeweils am frühen Nachmittag oben sein und hätten bis zum Einbruch der Dunkelheit genügend Zeit für die Rückkehr.

Am Zielort sollten wir gemäss der Instruktion nach einem Symbol für das Verhältnis zwischen Appenzell Innerrhoden und Ausserrhoden suchen und es mit dem Handy vor einem erkennbaren Hintergrund fotografieren und ihm das Bild zusenden. Danach würde am nächsten Tag nur noch eine Aufgabe folgen. Als Tipp zum Suchen wurde das Stichwort Yggdrasil genannt.

Yggdrasil steht in der nordischen Mythologie für die Weltenesche. Zu meinem Verdruss fand sich diese Information nicht in meinem Kopf, dafür im Internet, wie Adelina rasch herausfand. Um Eschen also ging es, das gesuchte Symbol, von dessen Aussehen wir noch keine Ahnung hatten, würde sich vermutlich an einem Baum dieser Gattung finden lassen. Diese Aufgabe liess sich beim besten Willen nicht virtuell lösen, wir mussten uns in der realen Welt bewegen, um das Gesuchte zu finden.

Das erwies sich als erstaunlich einfach. Adelina war zuerst oben, sie hatte einen kürzeren und weniger steilen Aufstieg zu bewältigen als ich, und ihr Weg war weitgehend schneefrei. Auf der Hohen Buche, deren einmalige Aussichtslage zwischen Alpstein und Bodensee sie in bewegten Worten schilderte, fand sie schnell die markante Esche, die wie so oft im Appenzellerland als Schutzbaum nahe beim Hof gepflanzt worden war. An deren Stamm klebte, etwas oberhalb der üblichen Sichthöhe, ein aus widerstandsfähigem Plastik gefertigtes, unverkennbares Symbol, jenes von Yin und Yang. Ein Kreis, der durch eine geschwungene Linie in eine helle und eine dunkle Seite geteilt wird, wobei in beiden Fällen in der Mitte ein Punkt liegt, der in der Farbe der Gegenhälfte gehalten ist.

Ich war noch unterwegs im Aufstieg von Wasserauen zum Seealpsee, als mir Adelina ihren Fund mitteilte. Jetzt wusste ich wenigstens, wonach ich zu suchen hatte. Zunächst allerdings musste ich oben ankommen. Ich befand mich mitten im längsten Steilstück der kleinen Strasse, die trotz einiger vereister Stellen gut begehbar war, und muss während unseres Telefongesprächs ziemlich heftig gekeucht haben. Adelina beendete das Gespräch bald, und ich versprach zurückzurufen, sobald ich mein Yin-Yang-Symbol gefunden haben würde.

Wie jedes Mal, wenn ich diese Strecke gehe, überkam mich nach der Überwindung der letzten Steilstufe ein Glücksgefühl. Der Anstieg war heftig, anstrengend und schweisstreibend gewesen, doch jetzt hatte ich es geschafft. Die flachen letzten paar hundert Meter bis zum See empfand ich als Dessert. Zumal sich jetzt vor meinen Augen eine neue Welt auftat. Vor mir lag der Seealpsee, dahinter die weite Fläche der weitgehend ebenen Seealp. Links und rechts flankierten steile Wälder, schroffe Wiesenflächen und mächtige senkrechte Felssäulen den Talgrund. Geradeaus dominierte die Wand des Steckenbergs die Szene, von dem sich im Juni 1988 ein Felspaket von über zehntausend Tonnen gelöst hatte und auf die Seealp niedergedonnert war, zum Glück ohne Schaden für Mensch und Vieh. Links und rechts davon öffnete sich der Blick für die zwei höchsten Berge des Alpsteins, für Altmann und Säntis, harmonisch gerundet der eine, spitzkegelig der andere.

Im Sommer sind bei schönem Wetter See und Alp dicht bevölkert, obwohl man nur zu Fuss an diesen Ort gelangen kann. Für den Normalaufstieg via Chobel sind auf dem Wegweiser fünfzig Minuten angegeben. Ich schaute auf die Uhr meines iPhones: knappe vierzig Minuten. Obwohl ich den Eindruck gehabt hatte, langsam zu gehen. Ich war also immer noch ganz gut in Form, ein beruhigendes Gefühl.

Nachdem ich diesen narzisstischen Teil abgehakt hatte, wandte ich mich wieder dem Ort zu. Ich verstand all die sommerlichen Touristen, die es hier heraufzog, denn mit einer knappen Stunde Fussmarsch über eine steil aufragende Stufe verdiente man sich den Zutritt in eine andere Welt. Rückwärtsgewandt schweift der Blick beim Übergang über die lieblich wirkenden, sanften Hügel des Appenzellerlandes, vorwärts gesehen befindet man sich eindeutig in einer alpinen Bergwelt.

Jetzt, da alles von einer noch dünnen Schneeschicht bedeckt war und es ausser mir niemanden gab, der diese Szenerie wahrnehmen konnte, verstärkte sich dieser Eindruck noch. Ich war in einer einsamen magischen Welt gelandet und wunderte mich deshalb nicht, dass ich die gesuchte Esche fast von selbst fand. Eigentlich gab es zwei Eschen. Und ohne Laub, allein anhand der Rinde, eine Esche zu identifizieren, ist gar nicht so einfach. Als ich aber sah, dass direkt an der Einfassungsmauer des Berggasthauses Seealpsee ein Baum emporragte, war ich mir sicher, dass es sich um die gesuchte Esche handelte. Tatsächlich fand sich an deren Stamm, in einer Höhe, die ich mit ausgestrecktem Arm noch gut erreichen konnte, das gesuchte Symbol. Es entsprach exakt Adelinas Beschreibung.

Ich schickte das Bild davon zum Handy des Rätselstellers und rief Adelina an. Noch während wir plauderten, erschien die Antwort auf unseren Displays. Der Unbekannte gratulierte uns zum Erfolg und forderte uns auf, am nächsten Vormittag um halb elf auf dem Gipfel des Säntis zu sein, um die letzten Instruktionen in Empfang zu nehmen.

Adelina und ich sprachen noch eine ganze Weile über das Rätsel und die Absichten, die dahinterstecken mochten. Eines war klar. Die Sache mit dem Yin-Yang-Symbol und dessen Versteckorten war eine Meisterleistung. Beide Orte lagen, absolut in Höhe über Meer gemessen, ziemlich exakt gleich hoch. Meine Vorliebe für Höhenkurven hatte mich das schon auf der kurzen Zugfahrt von Appenzell nach Wasserauen herausfinden lassen: Seealpsee und Hohe Buche liegen auf ziemlich genau eintausendeinhundertvierzig Metern über Meer.

Allerdings sind die dazugehörigen Höhenprofile diametral entgegengesetzt. Die Hohe Buche ist der höchste Punkt einer Hügelkette, von da an geht es nur bergab. Die Seealp dagegen ist, abgesehen von ihrem schmalen Zugang, der tiefste Punkt eines Talkessels, von dem es fast überall nur aufwärtsgeht.

Hier hatten wir also eine konkave Wölbungskurve, auf der Hohen Buche eine konvexe. Genau so, wie sich im Yin-Yang-Symbol die geschwungene Trennungslinie zwischen den beiden

Kreishälften einmal konkav und einmal konvex wölbt, einmal nach innen und einmal nach aussen.

So also sah unser Unbekannter, von dem wir nun hoffentlich bald mehr erfahren würden, das Verhältnis zwischen Innerrhoden und Ausserrhoden, um das es ihm ja offenbar immer ging. Wie kein anderes Symbol verkörpert jenes von Yin und Yang das Verhältnis von zugleich getrennten und verbundenen Hälften zu einem einzigen Ganzen. Keine Hälfte ist ohne ihr Gegenstück denkbar, beide ergänzen und durchdringen sich zu einer Einheit.

Das hatte, wir mussten es zugeben, etwas Geniales. Der Unbekannte hatte es zudem geschafft, uns diese Sichtweise auf eine sehr sinnliche und plastische Weise zu eröffnen. Was auch immer er Böses getan hatte, wir kamen nicht umhin, einen gewissen Respekt vor dieser geradezu künstlerischen Leistung und deren Urheber zu entwickeln.

Wir verabredeten uns für den Abend in Adelinas Stadtwohnung. Das würde sowohl die Rückkehrzeit als auch die Anfahrt zum Säntis vom Sonntagmorgen deutlich verkürzen. Sie wollte dort noch einiges erledigen und machte sich deshalb sofort auf ihren Rückweg. Meinen wollte ich angesichts des guten Wetters und meiner euphorischen Stimmung noch etwas aufschieben, versprach aber, am Abend rechtzeitig in St. Gallen zu sein.

***

Ein unbestimmtes Gefühl zog mich weiter in Richtung Mesmeralp. Die Verhältnisse waren gut, ich hatte Zeit und zog deswegen los, dem Seealpsee entlang und weiter bis zum hinteren Talboden. Dort wollte ich ein paar Schritte Richtung Mesmer hinaufsteigen, im Bewusstsein darum, dass ich nicht allzu weit kommen würde, dafür lag weiter oben schon zu viel Schnee.

Nach ein paar Schritten aufwärts wurde mir klar, was mich hierhergezogen hatte.

Appi natürlich, die schöne Gletscherleiche, die ich im Herbst des vergangenen Jahres auf einer Bergtour entdeckt hatte, die vom Mesmer ausging. Seit der Geschichte um Appis Entführung und ihr wundersames Wiederauftauchen («Leichenraub mit Eichenlaub») bin ich von dieser Gestalt auf eine seltsam morbide Art fasziniert, die Adelina zum Glück mit einem Schmunzeln zur Kenntnis nimmt. Ich hatte sie lange nicht mehr gesehen. Die Querelen um ihren künftigen Aufenthalts- und Ausstellungsort sind zwischen den verschiedenen Appenzeller Interessierten noch immer nicht ganz ausgestanden, sie ruht immer noch in einem gut abgeschirmten Kühlraum. Aber ich war mir auch gar nicht sicher, ob ich sie wirklich sehen wollte. Es genügte mir, ihr von Zeit zu Zeit nahe zu sein, und das war hier auf dem Weg zu ihrem Fundort weit oben am Blau Schnee, der jetzt unmöglich zu erreichen war, für den Moment der beste Ort.

Vor lauter Schwelgen in Erinnerungen hatte ich glatt vergessen, auf meine Umgebung zu achten. Das war ein Fehler. Das Wetter kann sich im Alpstein sehr schnell verändern. Wo eben noch eine milchige Sonne die Szenerie malerisch erleuchtet hatte, drängten jetzt dichte Nebelwolken mit Macht ins Tal und entluden ihre Fracht in Form dicker Schneeflocken.

Ich musste dringend umkehren. Doch wohin? Ich sah nicht mehr als zwei, drei Meter weit, dahinter verschwand die Welt in einer grauen Wand. Und als ich nach einer Weile der Besinnung auf die Idee kam, meinen eigenen Spuren im Schnee einfach bergab zu folgen, waren diese vom heftigen Schneegestöber und vom böigen Wind bereits verweht und zugedeckt worden.

Vorsichtig stieg ich Schritt für Schritt abwärts in der Richtung, in der ich den See vermutete. Stöcke hatte ich keine dabei, schliesslich war nur von einer leichten Wanderung die Rede gewesen. Wäre sie auch geworden, wenn ich sie nicht durch eigenen Leichtsinn verbockt hätte.

Allmählich dämmerte mir, dass mich dieser Leichtsinn teuer zu stehen kommen könnte. Bald hatte ich keine Ahnung mehr, wo ich war und wo der rettende Talausgang lag. Ich stolperte blindlings irgendwohin, immer wieder von einem der jetzt tückisch verborgenen Steine auf der Alp zu Fall gebracht und mich mühsam aufrappelnd.

Beim letzten Fall in den zum Glück jetzt schon so tiefen

Schnee, dass er mich vor Verletzungen bewahrte, spürte ich die Versuchung, einfach liegen zu bleiben, meiner immer stärker werdenden Erschöpfung nachzugeben. Ich hatte längst beschlossen, mein Leben sei so abwechslungsreich und sinnvoll verlaufen, dass ich jederzeit abtreten könnte. Im Schnee zu erfrieren, soll nicht die schlechteste Art sein zu sterben. Bald würde ich die Kälte nicht mehr spüren und einschlafen, um nie wieder aufzuwachen. Zudem würde es nicht einer gewissen Ironie entbehren, wenn ich auf dieselbe Art zu Tode käme wie die von mir gefundene Gletscherleiche, der ich mich in diesem Moment besonders nahe fühlte.

Irgendetwas trieb mich doch wieder hoch. Vielleicht hatte ich ja in den zwanzig Jahren, die ich im Appenzellerland gelebt habe, etwas von jenem trotzigen Appenzeller Geist angenommen, der sich allen Widrigkeiten zum Trotz immer wieder aufrappelt und dafür alle verfügbaren Energien mobilisiert. Widrig waren die Umstände nach wie vor. Ich hatte mich verirrt und sah buchstäblich keinen Ausweg.

Für einen Moment lichteten sich die Nebel etwas. In einiger Entfernung konnte ich einen markanten Felsbrocken von Alphüttengrösse sehen, der mir bekannt vorkam. Tatsächlich, es war jener Fels vom Steckenberg, auf dem eine Tafel in verblichener Schrift an den Felssturz erinnerte. Direkt daran vorbei führte das breite Fahrsträsschen am See vorbei und dann hinunter ins Tal. Ich war gerettet.

Der Rest war ein Kinderspiel. Abwärts zu wurde die Sicht besser, und die frisch gefallene Schneedecke auf der steilen Strasse erwies sich als so griffig, dass ich ohne weiteren Sturz heil unten im Tal ankam. Erst da realisierte ich, wie viel Glück ich gehabt hatte. Die Sache hätte leicht schiefgehen können.

Ein Schreck fuhr mir in die Glieder, den ich noch nicht ganz losgeworden war, als ich bei Adelina eintraf. Auch sie wusste von einem bangen Moment zu berichten. Beim Abstieg von der Hohen Buche war sie von einem ausser Rand und Band geratenen Hofhund angegriffen worden. Nur mit einem kräftigen Fusstritt hatte sie diesen davon abhalten können, sich in ihr Bein zu verbeissen. Ausgesehen hatte er wie ein «Bläss», ein Appenzeller Sennenhund, aber nach ihrer Vermutung handelte es sich eher um einen schlecht erzogenen Bastard.

Ich konnte ihr den bei dieser Attacke erlittenen Schreck nachfühlen. Sosehr ich die Tierwelt des Appenzellerlandes mit all ihren Kühen, Pferden, Eseln, Schweinen, Ziegen und Schafen, aber auch Katzen und Hunden, als elementaren Bestandteil dieses Landstrichs schätze und liebe, sosehr hasse ich diese kläffenden Köter, die sich unvermutet von hinten anschleichen und dir erst mal einen gehörigen Schreck einjagen, ehe du dir das Vieh durch entschlossenes Auftreten vom Halse halten kannst.

Wo wir schon dabei waren, machten wir uns noch etwas über Appenzeller Hunde sachkundig. Diese sind auch im Ausland sehr beliebt. Das in Deutschland meistverkaufte Buch des Appenzeller Verlags ist das über Appenzeller Sennenhunde. Sensibilisiert für Fragen der Appenzeller Identität, wie wir mittlerweile waren, konnten wir das leicht als weiteres Beispiel für die These einordnen, wonach die Marke Appenzell nach aussen als Einheit wahrgenommen wird. Deutsche Liebhaber von Appenzeller Käse und Appenzeller Hunden dürften sich keinen Deut darum scheren, ob es sich dabei um Innerrhödler oder Ausserrhödler handelt – Hauptsache, Appenzell.

Nach diesen tiefschürfenden Überlegungen und den überstandenen Schrecken des Tages waren wir zu nicht mehr fähig, als noch etwas vor der Glotze rumzuhängen und früh zu Bett zu gehen. Wir wollten am Sonntagmorgen rechtzeitig auf dem Säntis sein.

Das Lösungswort

Sonntag, 15. Dezember

Die Aussicht vom Säntisgipfel war prächtig, wenn auch etwas beschränkt. Während sich über uns ein stahlblauer Himmel wölbte, lag wenige hundert Meter unter uns ein dichtes Nebelmeer, das die darunterliegenden Landschaften verbarg. Wir waren etwas zu früh angekommen, was mir Gelegenheit gab, für Adelina noch etwas über den Ort zu philosophieren, an dem wir uns befanden.

Wenn es unserem Rätselsteller wirklich um das Verhältnis zwischen Appenzell Ausserrhoden und Innerrhoden ging, war dieser Platz mit Bedacht gewählt. Auf dem Säntisgipfel stossen die beiden Kantonsgebiete zusammen und zudem, um der Sache eine besondere Pointe zu verleihen, auch auf das Gebiet des Kantons St. Gallen. Man wird hier leise, aber eindringlich daran erinnert, dass die Betrachtung des Appenzellerlandes im Sinne einer Nabelschau wenig Sinn macht – der Nachbar St. Gallen ist allgegenwärtig.

Die Funktion des Säntis als Dreiländerstein war lange umstritten. Es brauchte im Jahr 1895 einen Entscheid des obersten Schweizer Gerichts, um den Ausserrhödlern ihren territorialen Anspruch auf einen Teil des Gipfels zu sichern. Der 1951 neu errichtete Gebäudekomplex steht mitten auf der Kantonsgrenze zwischen Appenzell Ausserrhoden und St. Gallen. Den Appenzellern gehört die Bergstation, den St. Gallern der Maschinenraum und das Bergrestaurant. Und so treffen heute auf dem Säntis die Grenzen der drei Kantone Appenzell Innerrhoden, Appenzell Ausserrhoden und St. Gallen zusammen. Ein schönes Beispiel dafür, dass am Ende immer zusammenfindet, was zusammengehört.

Fand ich jedenfalls, und Adelina teilte meine Meinung. Dann kam auch schon das SMS mit der angekündigten letzten Frage: «Welches Appenzeller Lebensgefühl verkörpert sich am besten auf dem Säntis?»

Nach einem kleinen Frühstück im Gipfelrestaurant waren wir

jetzt wieder draussen, um die Sonne und die klare Luft zu geniessen. Ratlos blickten wir in die Richtung, in der wir das Appenzellerland nur vermuten konnten, denn noch immer lag es unter einer dicken Nebeldecke. Auch wir konnten nur im Nebel stochern. Ging es um den Blick von oben herab? Das wäre ein ziemlich unangenehmes Lebensgefühl. Und auch kein passendes. Die Appenzeller wissen wohl um die Vorzüge ihrer Höhenlage, doch von oben herab behandeln sie ihre tiefer gelegenen Nachbarn nicht.

Während wir noch rätselten, sank die Obergrenze des Nebelmeers in einem erstaunlichen Tempo ab. Vom Appenzellerland wurde immer mehr sichtbar, bis sich das Niveau des Nebelmeers auf einer Höhe stabilisierte, die ungefähr den Grenzen des Appenzellerlandes entsprach. Staunend betrachteten wir dieses Naturschauspiel, das an ein Meer erinnerte, aus dem immer mehr hügelige und gebirgige Inseln auftauchten.

In diesem Moment erinnerte ich mich an ein Gespräch ein paar Wochen zuvor. Ein alter Freund, der vor ein paar Jahren zusammen mit seiner Frau auf eine kleine thailändische Insel ausgewandert war, hatte mich besucht. Die beiden hatten davor lange Zeit ebenfalls im Appenzellerland gelebt, nicht weit von mir, und so ergab sich das Thema der Unterschiede und Gemeinsamkeiten zwischen den beiden Lebensräumen fast von selbst.

Wir sprachen damals über Kargheit hier und Üppigkeit dort, über offenkundige klimatische Unterschiede und den Einfluss des allgegenwärtigen Meers. Es sei schon ein besonderes und ganz anderes Lebensgefühl als im Appenzellerland, auf einer Insel zu wohnen, meinten die beiden. Dann stutzten wir alle drei, schauten uns an und brachen in Gelächter aus: So gross war der Unterschied gar nicht, auch im Appenzellerland hatten viele das Gefühl, auf einer Insel im sturmumtosten Meer zu leben, in einer Gegend, die wie eine Insel ganz anders war als die Umgebung.

Adelina hatte aufmerksam zugehört und meinte entschieden, das müsse es sein. Vor unseren Augen läge des Rätsels Lösung. Ein Nebelmeer, das das Appenzellerland umschliesst wie eine Insel. Ein starkes Symbol für ein tief verwurzeltes Lebensgefühl. Das Appenzellerland als Insel.

Insel war tatsächlich das Lösungswort. Kurz nachdem wir es per SMS übermittelt hatten, kam die Aufforderung, beim Chefkellner des Gipfelrestaurants mit dem Code 0501 die Herausgabe einer kleinen Schachtel zu verlangen. Aus deren Inhalt ergäbe sich das endgültige Lösungswort, das er bitte in Vollversion hätte. Falls auch das richtig sei, bekämen wir und die Polizei sein Geständnis.

Wir taten wie geheissen. In der Schachtel, die wir anstandslos ausgehändigt bekamen, lagen, sorgfältig in Holzwolle verpackt, zwei aus Holz geschnitzte Figuren. Es hätte keiner Beschriftung bedurft, um klarzumachen, dass es sich dabei um einen typischen Innerrhödler und einen ebenso typischen Ausserrhödler handelte. Die eine Figur war klein und gedrungen, ihr Gesichtsausdruck strahlte eine Mischung aus Verschmitztheit und Listigkeit aus. Die andere war lang und hager, das Gesicht zeugte von kraftvoller Ernsthaftigkeit, ja Strenge.

Die beiden Figuren standen je auf einem quadratischen Holzsockel, dessen Seitenflächen mit eingravierten Beschriftungen versehen waren. Die Beschriftung beider Figuren begann auf der Vorderseite mit der Silbe «App» und setzte sich fort mit «enzell». Auf der Rückseite stand «Inner-» beziehungsweise «Ausser-», und auf der linken Seite wiederum bei beiden «rhoden».

Adelina hatte den Geistesblitz, die beiden Figuren senkrecht aufzustellen und unterschiedlich zueinander zu positionieren, schliesslich ging es um das Verhältnis zwischen Appenzell Innerrhoden und Appenzell Ausserrhoden. So würden von vorne gesehen unterschiedliche Wortkombinationen auf den beiden Sockeln entstehen, und darunter könnte doch das Lösungswort sein.

Da ich keinen besseren Vorschlag hatte, willigte ich ein. Zunächst stellten wir die beiden Figuren so auf, wie es jahrhundertelanger Realität entsprach: Rücken an Rücken, beide in entgegensetzte Richtungen blickend. Das so entstehende Wort «enzellrhoden» machte leider gar keinen Sinn. Zudem schien diese historische Periode überwunden, wenn auch noch nicht lange. Noch im Jahre 2005, als man den sechshundertsten Jahrestag der für die Appenzeller Befreiungskriege entscheidenden

Schlacht am Stoss feierte, hatte sich das zuständige Innerrhoden jegliche Einmischung von aussen, speziell von Ausserrhoden, entschieden verbeten.

Ja, ich hatte bei meinen Recherchen zum Jubiläumsjahr sogar eine ganz tolle Geschichte zu diesem Ort gehört: Wenn in der Schlachtkapelle am Stoss jemand zu Tode käme, müssten Polizei und Staatsanwaltschaft beider Appenzell erst aufwendig klären, wer ermitteln darf …

Immerhin hatte sich daraufhin die Einsicht durchgesetzt, das sei wohl keine zukunftstaugliche Haltung mehr. Im Hinblick auf die anstehende Fünfhundertjahrfeier von 2013 wurde beschlossen, diese gemeinsam auszurichten. Seit 2006 trafen sich die beiden Kantonsregierungen einmal im Jahr, um nebst anderen Themen auch die Fortschritte bei der Planung dieser Feier zu besprechen. Einmal pro Jahr, fanden Adelina und ich, ist nicht viel, aber besser als gar nichts. Zum Ausdruck dieses neuen Geistes stellten wir die Figuren so auf, dass sich ihre Gesichter einander zuwandten. Doch auch das so entstandene Wort «rhodenenzell» konnte noch nicht die Lösung sein.

Ich entsann mich eines alten Grundsatzes aus der Psychologie von Paaren. Ein Paar entsteht nicht dann, wenn man sich verliebt in die Augen schaut und die Welt darum herum nicht mehr wahrnimmt, sondern erst dann, wenn beide Seite an Seite gemeinsam vorwärtsblicken. So drehten wir jetzt die beiden Figuren, und siehe da, es entstand eine Wortkombination, die nicht zum Vornherein sinnlos wirkte: «appapp».

Wieder ergänzten Adelina und ich uns prächtig. Für mich war klar, dass «app» nur für Appenzell stehen konnte. Ich hatte ja vorausgesagt, dass in maulfaulen Zeiten diese Abkürzung für Appenzell Allgemeingut werden würde. Für Adelina, die Computerexpertin, dagegen konnte «app» nur für «application» stehen und somit irgendeine Form von Anwendungssoftware bedeuten, sei es für mobile Geräte oder auch für normale Computer.

Es mag die beschwingende Höhenluft auf zweitausendfünfhundert Metern über Meer gewesen sein, die uns daran hinderte, erst einmal darüber zu streiten, wer recht hatte. Stattdessen kamen wir gleich auf die Lösung, auf die solche Streite sowieso immer hinauslaufen: Beide haben recht. Das erste «app» steht für Appenzeller, das zweite für ein kleines Programm. Die App-Äpp, wie wir sie schnell nannten, stand also für Appenzeller Applikation, wenn wir unnötige Anglizismen vermeiden wollten.

Gefragt war die vollständige Version des Lösungsworts, und die hatten wir jetzt gefunden. Die Antwort kam postwendend, um einen längst veralteten Ausdruck zu benutzen. Der Unbekannte gratulierte uns zu unserer Findigkeit und kündigte an, sein Versprechen wahr zu machen. Am späteren Nachmittag würden wir per E-Mail sein Geständnis erhalten.

Das gab uns genügend Zeit, zu meinem Häuschen auf dem Hügel oberhalb von Wald zurückzukehren. Wer sich so um Appenzell und dessen Zukunft kümmerte, verdiente es, dass sein Geständnis auf Appenzeller Boden entgegengenommen wird. Wir hatten es uns gerade gemütlich gemacht, als das angekündigte Mail auch schon eintraf:

Werte Behörden,
hiermit gestehe ich, am Abend des 1. Augusts dieses Jahres einen Brandanschlag auf das Haus von Ferdinand von Muotathal im Nistelbühl, Trogen, verübt zu haben. Für den dadurch unwillentlich und unwissentlich verursachten Tod von Ferdinand von Muotathal muss ich die volle Verantwortung übernehmen. Dass meine Tat so schreckliche Konsequenzen hatte, tut mir unendlich leid.
Mein Name ist Erwin Manser. Geboren bin ich am 17. Dezember 1973, würde also morgen meinen vierzigsten Geburtstag feiern, wenn es denn etwas zu feiern gäbe. Ich lebe und arbeite an der oben angegeben Adresse in Gonten AI.
Ich bin Künstler. Ein Allzweckkünstler sozusagen. Ich male und fotografiere, schreibe literarische Texte, inszeniere Theaterstücke und beschäftige mich mit Herstellung und Einsatz von Masken. All das tue ich, um ehrlich zu sein, mit mässigem Erfolg. Jedenfalls, wenn man diesen an äusserer Anerkennung und finanziellem Ertrag misst.
Das kann auch mit meinem weichen und labilen Charakter zu tun haben. Schon früh haben mir Psychiater und Psychologinnen bescheinigt,

ein besonders sensibles Geschöpf zu sein, das wenige Chancen haben wird, in der rauen und kalten Welt zu bestehen. Das mag so stimmen. Zudem war mir Erfolg im beschriebenen Sinne nie wichtig, mir genügte es immer, das tun zu können, was mir sinnvoll erschien. Materiell gesehen habe ich deshalb jahrelang mehr schlecht als recht gelebt. Bis eine kleine Erbschaft mir ein etwas sorgloseres Leben ermöglicht hat. Für eine gewisse Zeit zumindest.

Diese wird reichen. Ehe ich die eigentlichen Geschehnisse schildere, ist es zum Verständnis meiner Person und meiner Beweggründe wichtig zu wissen, dass ich krank bin. Unheilbar. Ich habe nur noch ein paar Monate zu leben. Länger ins Gefängnis werde ich auf keinen Fall müssen, selbst wenn man mir keine Haftunfähigkeit attestieren sollte. Ich weiss von meiner Krankheit und deren düsteren Prognosen seit etwa einem halben Jahr. Damals, als Fredy von Muotathal begann, mein Leben zu beeinflussen, wusste ich weder etwas von meiner Krankheit noch von ihm. Ich bin seinem schlimmsten Produkt begegnet, ohne zu ahnen, dass es sein Werk war, und das hat mich umgehauen und letztlich aus der Bahn geworfen. Ich bin nicht nur Künstler, sondern auch Staatsbürger, überzeugter Schweizer und mindestens so überzeugter Appenzeller. Ich übersehe in beiden Fällen die Schattenseiten nicht, doch für mich überwiegen die lichten Aspekte. Gerade darum bin ich ein glühender Anhänger der Appenzeller Wiedervereinigung.

Für mich ist das Appenzellerland eine Einheit; die Gemeinsamkeiten zwischen den Halbkantonen überwiegen die Unterschiede bei Weitem. Eine uralte und längst überholte Trennungslinie, jene nach Konfessionen, darf doch einfach kein Grund dafür sein, noch länger an der Trennung festzuhalten. Das Appenzellerland ist zu klein, um sich weiterhin im Inneren aufzuspalten, statt gemeinsam die wachsenden Herausforderungen der Zukunft anzupacken und sich in einer schwieriger werdenden Welt zu behaupten.

Künstler dürfen solche Visionen haben, von einem Staatsbürger ist Realismus gefordert. Ich habe bald kapiert, dass ich mit einer direkten Forderung nach Wiedervereinigung ins Leere laufen musste. Niemand hatte ein ernsthaftes Interesse daran. Man hatte es sich in der bestehenden Wirklichkeit doch so gemütlich eingerichtet. Es gibt keinen Grund, am Status quo etwas zu ändern.

Wenn ich meiner Vision eine Chance geben wollte, musste ich behutsamer vorgehen. Das Terrain vorbereiten. Denkanstösse geben. Neue Perspektiven aufzeigen. Zum Fragen anregen. Feste Denkgebäude aufweichen. Den eigenen Gedankenfluss anregen.
Ich habe das mit verschiedenen Kunstformen probiert. Manches davon fand ich ganz gelungen, wie etwa das Paar mit den beiden geschnitzten Figuren, welche die beiden Halbkantone verkörpern, doch richtig befriedigt hat mich nichts. Bis ich mich auf eine Fähigkeit besann, die ich zum Glück auch mal gelernt habe. Ich kann programmieren. Und damit brauchbare Apps herstellen.
Jetzt hatte ich mein Feld gefunden. Ich entwickelte Gedankenspiele und setzte sie in simulierte Spielszenen um. Immer ging es um einen Aspekt des Verhältnisses der beiden getrennten Hälften des Kantons und um dessen Verhältnis als Ganzem zur Aussenwelt. Ich habe mich bemüht, das Thema unter vielfältigen Perspektiven anzugehen, um möglichst vielen einen zu ihnen passenden Einstieg zu ermöglichen. Ebenso habe ich mich um eine sinnvolle Mischung aus tiefsinnigem Ernst und spielerischer Leichtigkeit bemüht.
Beides ist mir nach meiner eigenen Einschätzung ganz gut gelungen. In einem langen Schöpfungsprozess, der von kreativen Höhenflügen ebenso geprägt war wie von mühsamer Kleinarbeit, entstand meine Appenzeller Applikation, meine App-Äpp. Natürlich habe ich auch das Jubiläumsjahr eingebaut, ich wollte die App ja dem Appenzeller Volk zu diesem Anlass schenken.
Feiern eines Jubiläums sind ja ganz schön, aber sie wenden in der Regel den Blick ausschliesslich rückwärts, in Richtung Vergangenheit. Doch eines Tages sind die Jubiläumsfeierlichkeiten vorbei, und dann stellt sich unvermeidlich die uralte philosophische Frage: Was nun? Spätestens dann sollte sich der Blick wieder vorwärtsrichten, um mit dem Schwung und der Beseeltheit einer erfolgreichen Rückschau die Herausforderungen der Zukunft anzupacken. Ich meine, am besten gemeinsam.
Diesen Blick voraus wollte ich mit meiner App-Äpp ermöglichen. Ich war fast fertig mit meinen Vorbereitungen, die App pünktlich zum Beginn der Feierlichkeiten gratis unters Volk zu streuen. Alles lief nach Plan, bis am 28. Februar die erste Sonderbeilage der «Appenzeller

Zeitung» zum Jubiläumsjahr erschien. Alle meine Pläne wurden über den Haufen geworfen.

Das lag nicht am Inhalt der Sonderbeilage. Im Gegenteil. Konzept und Geist der geplanten Jubiläumsfeierlichkeiten überzeugten mich. In der Zwischenzeit ist das meiste davon Realität geworden und hat auf mich noch überzeugender gewirkt. Das dicke Buch zum Jubiläum stellt eine packende Mischung von Geschichten dar, die zusammen Geschichte ergeben, und ist erst noch hervorragend geschrieben und gemacht. Das Festspiel ist zu Recht zu einem ausverkauften Erfolg geworden, und die transportierbare hölzerne Ledi mit ihrem bunten alternativen Veranstaltungsprogramm setzt einen attraktiven Kontrapunkt zu den deutlicher traditionell ausgerichteten übrigen Darstellungsformen. Auch die Bundesfeiern am 1. August, die ganz auf das Jubiläumsjahr ausgerichtet waren, kamen gut an.

Nein, was mich wirklich beelendet hat, war das Titelblatt. Nicht das Logo, das gefiel mir zwar auch nicht besonders, doch das konnte ich noch in der Rubrik Geschmackssache unterbringen. Auch nicht der Hintergrund mit seinen vielen winzigen Porträtbildern von Appenzellerinnen und Appenzellern, die im Vorfeld der Feiern aufgenommen worden waren. Nein, es war der Slogan, der in Grossbuchstaben unübersehbar da stand: WIR FAIARN.

Das durfte ja nicht wahr sein! So viel verbissen gewollte Originalität auf einen Fleck! Man nehme die beiden Kennzeichen AI für Appenzell Innerrhoden und AR für Appenzell Ausserrhoden und füge sie zu einem Wortungetüm zusammen, das entfernt nach Feiern klingt. Tat es bloss nicht. Die ebenso bemühte wie danebengegangene Originalität troff dem monströsen Kunstwort aus allen Poren.

Ich war schockiert, meine ästhetisch so sensiblen Nerven brachen fast zusammen. Wer hatte bloss so einen Mist produziert? Und wer hatte diesen Schandfleck auf der sonst so weissen Weste der Jubiläumsfeierlichkeiten zugelassen? Noch wusste ich es nicht. Eines aber wusste ich: Zusammen mit einem solchen künstlerischen Missgriff meine wertvolle App zu präsentieren, lag unter meiner Würde als Künstler und Staatsbürger. Mussten die Welt im Allgemeinen und das Appenzellerland im Speziellen halt noch so lange warten, bis sich meine Erregung wieder auf ein erträgliches Mass reduziert hatte.

Doch dieser Zeitpunkt kam nicht. Stattdessen wuchs meine Abscheu vor dieser ästhetischen Beleidigung mit jedem Tag, an dem ich an einem der Plakate vorbeikam, die mit diesem unsinnigen Slogan geziert waren. Besser wurde es auch nicht, als ich eines Tages zufällig erfuhr, wer für diese Sünde wider den appenzellischen Geist verantwortlich war.
Ich hatte an einem Probeabend für das Festspiel als neugieriger Zuschauer teilgenommen und mich danach in einer Gastwirtschaft unter das Schauspielervolk gemischt. Neben mir sass ein Typ, der sich als Fredy vorstellte und mir auch gleich seine Visitenkarte zusteckte. Wir waren bald in ein angeregtes Gespräch über das Appenzellerland und sein Jubiläum vertieft. Fredy schien Zutrauen zu mir zu fassen und erzählte mir, er sei nicht nur Darsteller des Freiherrn im Festspiel, sondern auch zuständig für Marketing und Kommunikation des gesamten Jubiläumsjahrs. Und in dieser Funktion zuständig und verantwortlich gewesen für den Slogan WIR FAIARN. Der sei doch besonders gut gelungen, oder?
Ich versuchte, mir nichts anmerken zu lassen, entfloh dem Stammtisch aber so rasch wie möglich. Jetzt hatte mein Hass auf den Slogan ein neues Objekt gefunden, den Mann, der dafür verantwortlich war. Dabei fiel es mir gar nicht leicht, Fredy zu hassen. Bevor er die verhängnisvolle Information von sich gegeben hatte, war er mir als sympathischer Zeitgenosse erschienen, kultiviert und gebildet. Und mit einem guten Geschmackssinn ausgestattet. Ich verstehe bis heute nicht, wie ein Mann von solchem Geschmack auf eine solche Geschmacksverirrung gekommen ist.
Wie dem auch sei, ich konnte nicht anders, als Fredy dafür zu hassen, dass er mir die Freude an den Jubiläumsfeierlichkeiten mit seinem grauenhaften Geistesblitz so vermiest hatte. Dieses Gefühl wuchs immer noch ständig, bis ich es fast nicht mehr aushielt.
An jenem verhängnisvollen 1. August wollte ich die schönen Seiten des Jubiläums geniessen und bin auf die Hohe Buche hinaufgestiegen. Die Aussicht versöhnte mich mit den Anstrengungen des Aufstiegs, das Wetter war prächtig, die Stimmung der zahlreich Anwesenden friedlich und fröhlich. All das gefiel mir bestens, und ich freute mich an der Vielfalt der Vereine aus den beteiligten Dörfern, die in mehr oder weniger gelungenen Aufführungen etwas von ihren Aktivitäten zum Besten

gaben. Eine traditionell appenzellische Mahlzeit samt Quöllfrisch-Bier im Festzelt versetzte mich vollends in eine versöhnliche Stimmung.
Bis ich auf einem Rundgang über das ganze Festgelände auf eines dieser verhassten Plakate stiess. Jetzt explodierte etwas in meinem Kopf. Der ganze angestaute Frust brach sich Bahn, und ich wollte nur noch Rache. Ein Fanal setzen wider den ästhetischen Ungeist der Zeit. Mein Blick fiel auf den für das geplante Höhenfeuer aufgerichteten Holzstoss. Da wusste ich, was ich zu tun hatte.
Etwas in mir musste das schon früher gewusst haben. Anders kann ich mir nicht erklären, dass ich beim Kramen nach der Landkarte in meinem Rucksack eine Flasche mit einem wirksamen Brandbeschleuniger fand. Ein bis dahin abgespaltener Teil von mir musste das Zeug besorgt und eingepackt haben.
Die Karte zeigte, dass ich Fredys Haus in einem halbstündigen Fussmarsch noch knapp vor Einbruch der Dunkelheit erreichen würde. Ich zog los, von einem einzigen Gedanken beseelt: Fredys Haus aus Rache für die Verletzung meines ästhetischen Empfindens anzuzünden. An mögliche Folgen dieser Tat dachte ich keine Sekunde, ich vermutete Fredy ganz selbstverständlich an irgendeiner Bundesfeier und damit ausser Haus.
Erst als ich von meinem Beobachtungsstandort aus, an dem ich geblieben war, um den Erfolg meiner Aktion zu überprüfen, Fredy schreiend aus dem lichterloh brennenden Haus fliehen sah, wurde mir bewusst, dass ich mich geirrt hatte. Und als er, getroffen von einem glühenden Balkenstück, noch einige Schritte weitertorkelte, um dann zusammenzubrechen, wusste ich, dass es zu spät war.
Von tiefen Gewissensbissen gepeinigt, blieb ich lange Zeit unbeweglich hocken. Erst als ich diesen Franz Eugster beobachtete, wie er Fredys Leiche fand, habe ich mich davongeschlichen.
Es hat mich nicht erstaunt, dass mir seither weder die Polizei noch das private Ermittlerpaar auf die Schliche gekommen sind. Niemand hat mich mit Fredy in eine besondere Beziehung gebracht. Und ein so abstruses Motiv für einen Brandanschlag wie Rache für verletzte ästhetische Gefühle kann höchstens ein Krimiautor erfinden, im realen Leben käme nie jemand darauf.
Zur Erklärung, nicht zur Entschuldigung meiner Tat, muss ich hinzu-

fügen, dass ich kurz davor von meiner unheilbaren Krankheit erfahren habe und mich somit in einem aussergewöhnlichen Gemütszustand befand. Ich hatte plötzlich keine Zukunft mehr, die alten, normalen Massstäbe verloren über Nacht ihre Gültigkeit.

Noch einmal, das entschuldigt nichts. Bald meldete sich auch wieder mein Gewissen. Ich wusste, dass ich bis zu meinem bald zu erwartenden Ableben unentdeckt bleiben konnte, wenn ich nur wollte. Doch ich wollte je länger, je weniger. Die Gewissheit wuchs, dass ich ein Geständnis ablegen musste, wenn ich in Frieden mit mir selbst von dannen ziehen wollte.

Als ich erfuhr, dass Franz und Adelina an der Klärung des Falls beteiligt waren, wusste ich auch, wie ich es anstellen konnte, dass zugleich mit meinem Geständnis auch meine Botschaft ankommt. Ich kannte ihre früheren Fälle und wusste, dass beide einen offenen Geist haben, gerade wenn es um die Identität der Appenzeller geht. Ich wollte deshalb in ihrem Geist ein Samenkorn legen, indem ich sie auf eine Rätselreise schickte. Sie haben die Prüfung bravourös bestanden. Ihnen vertraue ich deshalb meine App-Äpp und deren Verbreitung an. Möge sie in meinem Sinne eine gedeihliche Zukunft für ein wie auch immer wiedervereinigtes Appenzell eröffnen!

Die Zeit ist gekommen, für meine Tat und deren Folgen die volle Verantwortung zu übernehmen. Für den Brandanschlag, sosehr er weit ausserhalb meines üblichen Verhaltensspielraums liegt, billige ich mir nach wie vor ehrenwerte Gründe zu, so kann man eine gute Idee einfach nicht verhunzen. Dass eine einzige Geschmacksverstauchung einen Mann wie den sonst so geschmackssicheren Ferdinand von Muotathal letztlich das Leben gekostet hat, ist eine bedauerliche Ironie des Schicksals, die ich nicht rückgängig machen kann, sosehr ich mir das auch wünschte.

Meine Zeit ist bald vorbei. Jene vom Appenzellerland noch lange nicht. Ich wünsche ihm eine offene, von vielen nachdenklichen Menschen getragene Zukunft.

In diesem Sinne verbleibe ich hochachtungsvoll

Erwin Manser

Nachspiel

Montag, 16. Dezember

Adelina ist wieder in der Stadt. Sie hat dort dringende Geschäfte zu erledigen. Gestern Abend haben wir, nachdem Karl telefonisch die Glückwünsche der Polizei zur Lösung des Falls, gerade noch rechtzeitig vor dem Abschluss der Feierlichkeiten, überbracht hatte, uns noch eingehend mit der App-Äpp von Erwin Manser beschäftigt, bevor wir einmal mehr feststellten, wie sehr die Euphorie über einen gelösten Fall das Liebesleben befruchten kann. Die App hatte Manser wie versprochen unserer Version seines Bekennerschreibens in digitaler Form beigelegt.

Erwin Manser hatte nicht zu viel versprochen. Seine App öffnete wirklich auf spielerische Weise neue Denkräume zur Zukunft des Appenzellerlandes. Sie tat dies auf kluge, nachdenkliche, aber auch humorvolle Weise, ohne je dogmatisch zu werden. Es ging darin um Fragen, nicht um vorgefertigte Antworten. Wer sich darauf einliess, gewann tatsächlich eine neue Sicht auf die Identität und die Zukunft des Appenzellerlandes.

Einige Situationen und Ideen, auf die uns Manser anlässlich unserer Schnitzeljagd geschickt hatte, tauchten auch in der App auf. Natürlich konnte ein kleiner Bildschirm die räumliche Realität von Hoher Buche oder Seealpsee nicht wirklich ersetzen, doch die Grafiken waren exzellent.

Manser hatte auch geschickt Zitate eingestreut, die aus einem anderen Zusammenhang stammten, aber in Sachen Appenzeller Identität exzellente Denkanstösse lieferten, wie etwa diesen, in dem die beiden eineiigen Zwillinge und Künstlerbrüder aus St. Gallen, Frank und Patrik Riklin, sich über sich selbst geäussert hatten: «Bei uns gibt es keinen Chef. Wir haben aber nicht ein Hirn, es gibt zwei eigenständige. … Wir sind zwei Wesen mit einer Identität. Derselbe Denkapparat mit unterschiedlicher Software. Wir leben eine ausgeprägte Streitkultur, und diese ist sehr befruchtend.»

Wenn man diese Sätze auf die beiden Appenzeller Halbkantone übertrug, konnten sie ganz schön zum Denken anregen. Dasselbe galt für viele andere Impulse der App-Äpp.

Die App würde ihren Weg gehen, Adelina wusste Mittel und Wege, sie wirksam zu verbreiten. Und sie würde ihren Beitrag leisten, dass mehr und mehr Appenzellerinnen und Appenzeller im Jahr 501 nach dem Beitritt Appenzells zur Schweizerischen Eidgenossenschaft sich mit offenem Geist der Zukunft ihres einmaligen Landstrichs zuwenden.

In diese Richtung würde auch mein immer noch nicht ganz vollendeter Ghostwritertext für die offizielle Staatsfeier vom nächsten Tag gehen. Ich hatte mir noch einige zusätzliche Stunden für die Fertigstellung erbeten, und mein Auftraggeber war so erleichtert, dass sich der dunkle Fleck des ungelösten Falls endlich aufgelöst hatte, dass er dieser Bitte ohne Weiteres entsprach.

Für diesen letzten Schliff begab ich mich trotz des feuchtkalten Wetters auf einen ausgedehnten schöpferischen Spaziergang. An einer Stelle packte mich plötzlich die Lust, einen lange nicht mehr begangenen Waldpfad zu wählen. Zu meinem Erstaunen fand ich den Einstieg dazu sofort, und die ersten Schritte verliefen problemlos.

Dann verschwand der Weg unter einem dichten Gestrüpp, das vorwiegend aus noch immer voll belaubten Brombeersträuchern bestand. Ein Sturm hatte vor Jahren die ganze vorher mit Fichten bewachsene Halde leer gefegt, über die der Pfad quer hinwegführte, und Pionierpflanzen wie die Brombeere hatten sich diesen Lebensraum erobert.

Ohne weiter nachzudenken, wagte ich mich in das Gestrüpp. Den Pfad unter meinen Füssen konnte ich nur ahnen, sichtbar war er wegen der dichten Vegetation nicht mehr. Und diese Vegetation wurde immer dichter und undurchdringlicher. Brombeerranken schlangen sich um meine Beine, die ich mühsam aus der Umschlingung herausziehen musste, um einen Schritt voranzukommen.

Umkehren hätte jetzt auch nichts mehr gebracht, zu tief steckte ich schon im Gestrüpp. Irgendwann musste die Halde ja mal zu Ende sein. Ich sah zwar das gegenüberliegende Waldstück, doch bis dahin zu kommen, war noch ein harter Kampf. Ganz ungefährlich war die Sache auch nicht, wenn ich gestolpert und gefallen wäre, hätte ich ziemlich weit die Halde hinabrutschen und mir dabei leicht einen Knochen brechen können.

Abgesehen von einigen blutigen Kratzern an meinen Händen überstand ich das Abenteuer schadlos. Nachdem ich mich endlich aus der Umklammerung der gierigen Ranken befreit hatte, äusserte ich ein lautes Halleluja. Ich wusste nämlich, dass mir das eben überstandene kleine Abenteuer, so anstrengend und leicht bedrohlich es auch gewesen war, guttun würde.

Ähnliches hatte ich rund zehn Jahre davor schon mal erlebt. Ich war in der Toskana auf einem einsamen Spaziergang aus Gründen, die zu erklären zu weit führen würde, ebenfalls in ein Brombeergestrüpp geraten, das noch viel höher wuchs als dieses hier. Dummerweise war ich in kurzen Hosen und in einem kurzärmligen T-Shirt unterwegs, sodass ich, als ich wieder draussen war, von blutigen Striemen und Schrammen nur so übersät war.

Ich hatte befürchtet, dass sich diese Verletzungen wie sonst bei mir gerne übel entzünden würden, doch das Gegenteil trat ein. Die Wunden heilten in einem für mich aussergewöhnlich rasanten Tempo. Zudem war meine bis dahin ausgeprägte Appetitlosigkeit wie weggefegt. Auch jetzt verspürte ich ein für mich angesichts der morgendlichen Zeit ungewöhnliches Hungergefühl. Und wie damals fühlte ich mich wie neugeboren und mit frischen Kräften versorgt. Ich hatte mein energiespendendes Erlebnis von damals wie bei einer Wiederholungsimpfung aufgefrischt und verstärkt.

Jetzt würde es ein Leichtes sein, die geplante Rede wenigstens im Kopf fertig zu schreiben. Ich wusste auch schon, wo. Der Einstieg in die kleine Schlucht oberhalb des Feuerwehrweihers von Wald lag nicht weit weg, und in dieser Jahreszeit konnte ich bedenkenlos quer über die Wiesen gehen.

Unterwegs sinnierte ich über die Symbolkraft meines Erlebnisses. Die Botschaft war eindeutig: Alte Wege können überwuchern. Dann ist es, von Ausnahmen wie der meinigen abgesehen, nicht zu empfehlen, sie weiterhin zu benutzen. Sinnvoller ist es, neue Wege anzulegen und zu begehen. Auch und gerade, wenn es um die Zukunft des Appenzellerlandes geht.

Den Schnee auf der Sitzbank auf halber Strecke des Wegs durch das Bachtobel fegte ich weg, um trocken sitzen zu können. Die Sätze für die Rede fielen mir jetzt von selbst ein. Es ging darum, zum Abschluss des Jubiläumsjahrs den Blick wieder nach vorn zu richten und gemeinsam über eine gemeinsame Zukunft nachzudenken. Und ich würde einen dezenten Hinweis darauf einbauen, wie nützlich dafür die App-Äpp von Erwin Manser sein könnte, ungeachtet der schrecklichen Taten, die er aus einem übersteigerten künstlerischen Bewusstsein heraus begangen hatte. Der letzte Satz der Rede würde lauten: «Das Jahr 501 kann kommen.»

Dann versiegte der Gedankenstrom in meinem Kopf, und ich tat nichts anderes mehr, als dem Murmeln und Plätschern des Bachs zu lauschen, der direkt vor mir in unterschiedlichen Steilstufen zu Tale floss. Diese Geräusche wirkten wie immer bei mir beruhigend und anregend zugleich und waren von einer exquisiten ästhetischen Qualität.

Auf meinen vielen Gängen durch dieses nahe beim Dorf gelegene, aber weitgehend unbekannte Bachtobel bin ich höchstens zwei- oder dreimal einem anderen Menschen begegnet. Jetzt aber schritt ein weisshaariger Mann, den ich einige Jahre älter als mich einschätzte, die Stufen zur Sitzbank herab. Ohne eine der sonst in der Schweiz üblichen Grussformeln sagte er einen einzigen Satz: «Lauschen Sie der Musik?»

Ich konnte nicht anders, als «Ja, genau!» zu antworten. Hatte er mir so genau angesehen, wo ich gerade war? Offensichtlich ja. Der alte Herr sagte noch etwas, das klang wie «Das ist besonders schön!», dann war er um die Wegbiegung verschwunden.

In diesem Moment fand die Sonne eine Lücke im Wolkendach und liess Lichtkringel auf dem Wasser des Bachs tanzen. Ich genoss den Anblick und zog ein Fazit des eben gelösten Falls:

Ein heller Brand im Appenzellerland – damit hatte es angefangen. Danach hatten nebliges Zwielicht und dunkle Schwärze dominiert, bis ein Lichtstrahl aus unvermuteter Richtung das Rätsel erhellt hatte. Ein Tanz zwischen dunkel und hell war das gewesen. Fast wie im richtigen Leben.

Dank

Ich danke allen, die durch einen grosszügigen Beitrag die Entstehung dieses Jubiläums-Krimis ermöglicht haben:

Privatpersonen:
Angelika und Jakob Egli-Kümin, Wald AR

Gemeinden:
Heiden
Rehetobel
Speicher
Teufen

Stiftungen:
Dr. Fred Styger Stiftung
Kulturförderung Appenzell Ausserrhoden
Steinegg Stiftung

Unternehmen:
Berit Klinik, Niederteufen
Brauerei Locher AG, Appenzell
Herbamed AG, Bühler
UBS, Herisau
Varioprint, Heiden

Herbst 2013, Andreas Giger

Andreas Giger
EINE LEICHE IN DER BLEICHE
Broschur, 128 Seiten
ISBN 978-3-95451-007-8

«Andreas Giger schreibt einen süffigen Stil, und es gelingt ihm, zahlreiche Schauplätze so in die Handlung einzubauen, dass ein Führer durch die Eigen- und Besonderheiten der beiden Appenzell entsteht.» Appenzeller Volksfreund

ANDREAS GIGER
Mord im Nord
KRIMINALROMAN
emons:

Andreas Giger
LEICHENRAUB MIT EICHENLAUB
Broschur, 144 Seiten
ISBN 978-3-95451-141-9

Unterhalb des Säntis-Gipfels entdeckt Privatermittler Franz Eugster eine Gletscherleiche samt allererstem Appenzeller Käse. Kurz darauf sind Leiche und Käse verschwunden ... Der dritte Appenzeller-Käse-Krimi gibt Einblicke in den Charakter eines eigensinnigen Landstrichs – und enthüllt ganz nebenbei einige gut gehütete Geheimnisse ...